Tucholsky    Wagner    Zola    Scott
Turgenev    Wallace    Fonatne  Sydow    Freud    Schlegel
Twain    Walther von der Vogelweide    Fouqué    Friedrich II. von Preußen
Weber    Freiligrath    Frey
Fechner    Fichte    Weiße Rose    von Fallersleben    Kant    Ernst    Frommel
Hölderlin    Richthofen
Fehrs    Engels    Fielding    Eichendorff    Tacitus    Dumas
Faber    Flaubert
Maximilian I. von Habsburg    Fock    Eliasberg    Zweig    Ebner Eschenbach
Feuerbach    Ewald    Eliot    Vergil
Goethe    Elisabeth von Österreich    London
Mendelssohn    Balzac    Shakespeare    Dostojewski    Ganghofer
Trackl    Lichtenberg    Rathenau    Doyle    Gjellerup
Mommsen    Stevenson    Hambruch    Droste-Hülshoff
Thoma    Tolstoi    Lenz    Hanrieder
Dach    von Arnim    Hägele    Hauff    Humboldt
Reuter    Verne    Hagen    Hauptmann
Karrillon    Garschin    Rousseau    Gautier
Damaschke    Defoe    Hebbel    Baudelaire
Descartes    Hegel    Kussmaul    Herder
Wolfram von Eschenbach    Dickens    Schopenhauer
Darwin    Rilke    George
Bronner    Melville    Grimm  Jerome
Campe    Horváth    Aristoteles    Bebel    Proust
Bismarck    Vigny    Barlach    Voltaire    Federer    Herodot
Gengenbach    Heine
Storm    Casanova    Tersteegen    Grillparzer    Georgy
Chamberlain    Lessing    Langbein    Gilm    Gryphius
Brentano    Lafontaine
Strachwitz    Claudius    Schiller    Schilling    Kralik    Iffland    Sokrates
Katharina II. von Rußland    Bellamy    Gerstäcker    Raabe    Gibbon    Tschechow
Löns    Hesse    Hoffmann    Gogol    Wilde    Vulpius
Luther    Heym    Hofmannsthal    Gleim
Roth    Klee    Hölty    Morgenstern    Goedicke
Luxemburg    Heyse    Klopstock    Puschkin    Homer    Kleist
Machiavelli    La Roche    Horaz    Mörike    Musil
Navarra  Aurel    Musset    Kierkegaard    Kraft    Kraus
Nestroy    Marie de France    Lamprecht    Kind    Kirchhoff    Hugo    Moltke
Nietzsche    Nansen    Laotse    Ipsen    Liebknecht
Marx    Lassalle    Gorki    Ringelnatz
von Ossietzky    May    Klett    Leibniz
vom Stein    Lawrence    Irving
Petalozzi    Platon    Knigge
Sachs    Pückler    Michelangelo    Kafka
Poe    Liebermann    Kock
de Sade  Praetorius    Mistral    Zetkin    Korolenko

# Des Reiches Krone

Wilhelm Raabe

# Impressum

Autor: Wilhelm Raabe
Umschlagkonzept: toepferschumann, Berlin

Verlag: tradition GmbH, Hamburg
ISBN: 978-3-8424-1068-8
Printed in Germany

Ziel der TREDITION CLASSICS ist es, tausende deutsch- und
fremdsprachige Klassiker wieder in Buchform verfügbar zu
machen. Die Werke wurden eingescannt und digitalisiert. Dadurch
können etwaige Fehler nicht komplett ausgeschlossen werden.
Unsere Kooperationspartner und wir von tredition versuchen, die
Werke bestmöglich zu bearbeiten. Sollten Sie trotzdem einen Fehler
finden, bitten wir diesen zu entschuldigen. Die Rechtschreibung der
Originalausgabe wurde unverändert übernommen. Daher können
sich hinsichtlich der Schreibweise Widersprüche zu der heutigen
Rechtschreibung ergeben.

Wilhelm Raabe

# Des Reiches Krone

Am dreiundfünfzigsten Tage der Belagerung – anderthalb Jahrtausende nach dem Untergange der römischen Republik, neunhundertsiebenundsiebenzig Jahre, nachdem der König der Heruler den Knaben Romulus Augustulus auf das Landgut des Lucull in Kampanien gesendet hatte, – war Konstantinopel gefallen. Zwei Kaisertümer und zwölf Königreiche gab Gott in die Hand des zweiten Mohammed, Morads Sohn. Was die Christenheit in dumpfem Stumpfsinn, sich selber zerfleischend in Religionskriegen und Fehden der Fürsten und Völker, nicht abwehren wollte, das war nun vollendet. Der große Schrecken war da. –

Am Tage des heiligen Laurentius in diesem Jahre 1453 sitzt in einem engen Gemach in einem Hause am Paniersberge in Nürnberg ein greiser Mann, der schreibt, was wir nachher lesen. Das tiefe Fenster ist dem Hausgärtlein und darüber hin der Stadtmauer zugewendet. Das Stüblein ist kahl und ohne jeglichen Schmuck, doch über dem Garten liegt die Sonne, und der Tag ist freundlich und der Himmel blau.

Es ist still und doch nicht still. Freilich ist das Gemach des Schreibers der Stadt und den Gassen abgewendet; aber ein seltsam Tönen und Summen schwirrt durch die Lüfte, und die alten tapfern, hohen Schutzmauern und Türme werfen den Schall gar eigen zurück; – es ist auch das Gemach des Schreibers mit dem Summen und Klingen, dem wunderlichen Rauschen gefüllt. Wer nicht seiner Gedanken und seiner Feder sicher und mächtig wäre, der möchte heute in Nürnberg wohl schwerlich ein künstlich Werk mit Griffel, Dinte Papier und Pergament vollenden.

Der graue Mann stützt wohl auch dann und wann die Stirn mit der Hand und horcht dem Getön; aber wahrlich, es hat nicht die

Macht, ihn zu wirren; sein Auge sucht nur zeitweilig ein wenig nachdenklicher den lichten Himmel, aber er legt die Feder nicht nieder; er weiß mit Schreiberskunst Bescheid und hat wohl etwas zu sagen, was auch seine Macht behalten mag ob allem Schall und Farbenspiel der Erden.

Tolle! lege! Nimm und lies! Siehe, so schreibt der heilige Augustinus: »Siehe, da hörte ich von einem nahegelegenen Hause her eine singende, immer sich wiederholende Stimme, als wenn sie von einem Knaben oder Mädchen käme: ›Tolle, lege! Nimm und lies!‹, und die Farbe entwich mir, und ich sann, ob etwa in einem Kinderspiel diese Worte vorkämen, und konnte mich nicht erinnern, sie jemals gehört zu haben. Und die Tränen stockten mir plötzlich, ich stand auf und deutete es als eine göttliche Stimme!« – – Siehe, *das* ist es! Durch die große Vergünstigung, durch die Gnade Gottes habe auch ich die singende Stimme, halb wie die eines Kindes und halb wie die eines der Boten des Höchsten, vernommen und das Wort gefunden, das mir der Welt Wirrwarr deutete und mir den Frieden gab. Wie Divus Aurelius Augustinus habe ich von mir getan der circensischen Spiele Lust, des Kaisers Waffenglanz und Ehre und alle Pracht von Rom.

Ich habe gehört und gesehen – Dinge, wunderbar zu erzählen und zu beschreiben. Da ich noch jung war, hab auch ich ein helles Licht im Trübsal gesehen; – da ich noch jung war, hat sich auch mein Leben wenden müssen.

Was will Benedikta auf Sankt Sebald mit ihrem feierlichen Ruf? Was wollen die andern Glocken auf allen Türmen meiner Vaterstadt? Ich höre sie durcheinander nah und fern; ich höre meine Brüder und Schwestern sich drängen in den Gassen und über die Märkte mit Psalmen und Wehklagen – wie ein fernes großes Wasser im Aufruhr höre ich das Volk.

Nach Sankt Sebaldus Kirchhof strömt's auf den ehernen Ruf: Vox ego sum vitae, voco vos, orate, venite! Bruder Johannes Kapistranus stehet auf dem steinernen Predigtstuhl an der Mauer der Kirchen, zu predigen von der Heiden Sieg, des oströmischen Kaisers Fall, von des Antichrists Nahen und dem Untergange der Welt. Sein Ruf zur Buße ist über alle Glocken erklungen; in allen Städten, durch welche er gezogen ist, hat man Feuer angezündet und des Tages Tand und Eitelkeiten – Würfel und Brettspiel, Schellen und Schlitten, Wulsthauben und spitzige Schuhe – mit Geschrei und Weinen hineingeschleudert: so wird man heute auch in Nürnberg tun, hundertfache Üppigkeit von sich abstreifen und – in Hoffart und Lust der Welt sich morgen wiederfinden, wie man gestern war und heute ist.

Wahrlich, der eifrige franziskanische Mönch redet gut; alle Christenheit, zu der er gesprochen hat, hat das erfahren. Er redet nicht um Lob und Dank der Toren und Schwachen, er greift den Stärksten an das Herz, er schonet nicht. Die Männer im Harnisch packt er, und die eisernen Platten auf ihrer Brust werden wie das linde Gewand über den Brüsten der Weiber. Er fasset zu, und die, so gekrönte Helme tragen, müssen nieder auf die Kniee wie die Frauen, so von den Wiegen ihrer Kinder hergekommen sind, wie die Jungfrauen, so vom Kranzwinden und Sträußleinpflücken, von der Spindel oder dem Webstuhl kamen. Der Bruder Johannes redet gut, er übertönet die Glocken; aber mit welcher Zunge müßte er reden, wenn er die sanfte Stimme übertönen wollte, die vordem zu mir gesprochen hat?!

Ich habe nicht mehr Brettspiel und Würfelspiel, Schnabelschuhe und Geckengewand in die Flammen zu werfen; es ist nicht not, daß ich mich mit den andern auf Sankt Sebaldi Kirchhofe dränge; aber gewaltig ist der feurige Mönch Johannes Kapistranus! Die große Unruhe, welche er über der Stadt Gemüter brachte, hat auch mich ergriffen; ich habe mich ihrer nicht erwehren mögen, und so sitze ich an diesem Tage Sancti Laurentii im Jahre, da Byzantium gefallen ist, und schreibe nieder, was ich erlebte in meiner Jugend, da auch des deutschen Volkes Krone beinahe verlorenging und da ich mit den andern stritt für die Krone. Während die Stadt sich bewegt und rauscht wie ferne Meeresflut, schreibe ich auf, was die sanfte Stimme sagte, die so frühe mich auf dem Wege durchs Erdenleben umrief und die auch aus wildester Zeit und verworrenstem Schrecknis mir zu Ohr und Herzen drang. –

Ich bin aus altem, ratsfähigem, nürnbergischem Geschlechte, habe die Rechte nicht ohne Fleiß und Verstand studieret zu Prag, bis ich bei begonnenen hussitischen Wirren auszog mit den andern gen

Leipzig. Ich habe das Schwert geführt für die Stadt und das Reich, habe der Stadt Gleven befehligt in harten Schlachten und bin der Stadt Gesandter gewesen bei der Republik Venedig und bei der Königin von Neapolis, der zweiten Johanna. Marsilius Ficinus hat mich seinen Freund genannt, und Kosmus, der Mediceer, hat mich zu Florenz in seine Platonische Akademie aufgenommen. Ich bin der Herr meines Leibes und meines Hauses, ich bin ein reicher Mann und bin des Lebens müde.

Des Lebens müde?.... Nein; aber ich bin seit langen, langen Jahren des Lebens erfahren, und Bruder Johannes heute bei Sankt Sebald hat mir nichts zu sagen.

Ich bin wahrlich nicht des Lebens müde; aber wie der heilige Bischof von Hippo, Aurelius Augustinus, weiß ich, daß die Spiele der Erwachsenen Geschäfte genannt werden, und wie ich frühe die Spiele der Jugend von mir getan habe, so habe ich nun auch des Alters Spielen entsagt. Ich bin zur Ruhe gekommen durch die Gnade Gottes.

Zur Ruhe! Noch freue ich mich dieser meiner großen und trefflichen Vaterstadt, ihrer Kunst und Klugheit, ihrer Gunst und ihres Ruhmes bei den Nationen. Ich freue mich in der Erinnerung der Schönheit der Erden, wie ich das Glänzen des Tyrrhenischen Meeres im Sonnenlicht heut im Gedächtnis mir wecken kann. Ich freue mich der edlen Männer und Frauen, die mir begegnet sind unter Germaniens Himmel wie unter dem Himmel Italias. Wahrlich, ich sah vieles in der Welt, wahrlich, ich habe gelebt, und ich lebe; nur ist es heute nicht der Erden Gepränge, von welchem ich unter dem Glockengeläut des Bußpredigers bei Sankt Sebald schreibe.

Mit herzlicher Neigung habe ich immerdar an meiner Vaterstadt gehangen und sie keiner andern Stadt, sei sie noch so schön in Lorbeerwäldern gelegen gewesen, nachgesetzet. Mögen andere sich ihres Arno, ihrer blauen adriatischen Flut rühmen: ich preise die Stadt meines Vaters und meiner Mutter; – es ist immer still in mir geworden, wenn ich ihrer auf dem Wege gedacht habe. Ich preise hier an dieser Stelle und in dieser Stunde die Stadt, welche Mechthilden, die Grossin, geboren werden sah!

Als ich noch jung war, ist ein volkreich Leben in meines Vaters Hause gewesen; doch das ist nach und nach verstummet – eine

Stimme nach der andern. Die alten Leute sind tot und die Brüder und Schwestern auch; ich bin allein übriggeblieben, und mein Tritt in dem alten Hause ist der einzige von vielen aus einer großen Freundschaft und Verwandtschaft, der den Widerhall erweckt auf den Stiegen und in den Gängen und Gemächern. Darum bin ich auch zurückgewichen aus den Gemächern, welche einst von so holdem Lärm erfüllt waren und welche in die bunte Gasse hinabsehen. Ich sitze wiederum in dem Stüblein, das mein gewesen ist, da ich ein Knabe und nachher, da ich ein Prager Student war. Ein enger Raum genügt mir, die ungeschmückte Wand ist mir lieber als die gezierte; ich liebe mein Gärtlein mehr als der Straßen Tumult, und die Baumwipfel, so bis zu meinem Gesims aufreichen, ergötzen mich mehr als aller Pomp der Aufzüge der Geschlechter und gemeinen Bürgerschaft, des Rates und der Geistlichkeit dieses erlauchten nürnbergischen Gemeinwesens.

Ich habe die stolzen Gemächer des Vorderhauses mit ihrem Geschmuck, Zierat, Schnitzwerk und aufgehängten Waffenwerk den Spinnen und Mägden überlassen: es ist die Jugendzeit, welche mich im hohen Alter in mein winzig Schülergemach zurückgezogen hat, es ist mein Garten und der, in welchem Mechthilde Grossin als ein klein Mägdlein spielte und als eine Jungfrau lustwandelte, die mich zu sich hinübergezogen haben.

Aber ich hauste damals auch nicht allein in dem kleinen Gemach. Im Jahre 1390 hatte Ritter Hans Groland mit seinem Bruder Ulrich seinen Burgstall Laufenholz der Stadt Nürnberg zu einem offenen Hause verschrieben, und verbunden hatten sich beide Brüder, daß weder sie noch einer ihrer Nachkommen das Haus an einen andern als einen Nürnberger Bürger oder eine Nürnberger Bürgerin verkaufen sollten. Als man aber im Jahr zweiundneunzig die große Schlagglocke auf Sankt Sebald einweihte, da sind schon beide Brüder gestorben gewesen, und des Ritters Hans Sohn, Michel Groland, ist meines Herrn Vaters Mündel geworden und zu uns ins Haus gebracht, da niemand sich seiner annehmen wollte. Mein Herr Vater aber hatte wenig mehr zu bemündeln als den wilden Junker selbst; denn das Geschlecht hatte von alten Zeiten her schlimm gewirtschaftet, und es war für den letzten daraus wenig übriggeblieben von Lehen und Allod, wie denn die Grossen schon seit Kaiser

Ludwigs des Bayern Zeiten Burgglessen, so denen von Laufenholz eignete, innehatten.

Der wilde Junker Michel ist mein Freund gewesen, und Mechthilde Grossin die Braut des Junkers. Auch ihre Stimmen sind verstummt, ihre Fußtritte verhallet: Tolle! lege! – tolle! lege! –

Seit Konrad Hainzen, den man Conradum Leprosum und nachher Conradum Magnum, d. i. Grosse, nannte, ist kein stattlicher Geschlecht in Nürnberg aufgekommen und an dem starken Baum mit hundert Ästen keine schönere Blüte als Mechthild Grosse, deren Vater am Paniersberge der Nachbar meines Vaters gewesen ist. Mir ist es ein Wunder, wenn es auch sonst kein Wunder ist, daß ich heute welk und grau über der schönen Dirne sommerlichen Garten in ihr Fensterlein sehe, während auch sie nun schon seit Jahren hinweggegangen ist aus dem Leben, wie sie in aller Jugendschöne aus ihrem Stüblein hinwegging.

Ja, sie ist hinweggegangen, und niemand hat sie aufhalten können – nicht Vater, nicht Mutter, nicht der großen Stadt und des großen, ehrbaren Geschlechtes Macht, Kraft und Ansehen!

Der Liebe hat sie gehorchet, und des Ahnherrn Winke ist sie gefolget, tolle! lege! –

Es war ein jährig Büblein, das man meinem Herrn Vater in das Haus brachte, und ist gewesen wie ein junger Adler, der den Alten aus dem Nest fiel und von einem Zeidler unter dem Arme heimgenommen wurde. Es hat mein Vater wohl erfahren müssen, was es sagen will, Adlerbrut aufzuatzen; – ich aber, der nur wenig älter war als der Junker Michel, habe wohl meine Freude an dem guten Spielgesellen gehabt, bis aus den Buben Junggesellen und aus den Spielgenossen Freunde für das Leben und den Tod geworden waren.

Ja, bei des lustigen, wilden Königs Wenzel Zeiten waren wir Knaben; und wie es auch im Reiche ging und welche Fehden auf eigene Faust die Stadt zu führen hatte mit Heinrich von Buchteck, Georg von Wichsenstein, mit Sybold Schelm von Bergen und manchem Dutzend anderer Placker, selbst meines Herrn Vaters sorgenvoll Losunger-Gesicht, das doch gemeiner Stadt Schatzkammer, Siegel und Urkunden in so wüsten Tagen zu bewachen hatte, konnte oft nicht beharren in den grimmen Falten ob der Jugendlust in dem Hause am Paniersberge. Und der Tag bei Rense, der auf deutschem Boden der Herrlichkeit des Königs Wenzel ein wunderlich Ende machte, hat wahrlich *unserer* Bubenherrlichkeit kein Ende machen können.

Anno Christi 1400 ist Mechthild Grossin in unserm Nachbarhause in diese Welt des Leidens hineingeboren worden; – unter dem römischen König Ruprecht sind der Junker Groland von Laufenholz und ich in das Jünglingsalter hinübergekommen. –

Siehe diese Sonne! Sie liegt wie Gold auf der grauen Mauer der Stadt und der Zinne des Mauerturmes, meinem Fenster gegenüber; in mein nördlich Gemach kann sie freilich nicht dringen; aber ich sehe sie, wie ich sie sah in den Tagen meiner Jugend. Was predigt der Mönch bei Sankt Sebald vom Weltuntergang? Die Welt geht nicht unter, weil Konstantinopolis in der Helden Hand gefallen ist, weil der Deutschen Reich in seinen Grundvesten wankt, weil die arme Menschheit in Sünden wandelt, wie sie in Schmerzen und unsäglichem Elend wandeln muß! Ein freundlich Wehen bewegt die Bäume meiner Jugend; sie neigen sich einander zu über die Gatter, so der Nachbarn Gärten scheiden. Die unsteten Schatten von Zweig und Blatt tanzen auf dem Boden, es hüpfen und flattern die fröhlichen Vögel in den hohen Kronen; die Sommerblumen meiner Jugend blühen in meinem Garten und in der Nachbarn Gärten: die Welt wehrt sich heute noch wie in den alten Tagen durch Schönheit und Lieblichkeit gegen des zornigen Mönches Wort. Tolle! lege! Nimm und lies und verstehe recht und hüte dich wohl, einen falschen Sinn in das Wort zu legen, das vor dir aufgeschlagen wurde und dein Leben und das Leben deiner Zeitgenossen bedeutet!

Als wir, der Michel und ich, Junggesellen geworden waren und unser mutwillig Teil nahmen an Fackeltänzen und Schönbartlaufen, da schlupfte des Nachbar Grossen klein Mädchen durch die grüne Hecke und kam scheu und doch auch mutwillig in die Laube, wo wir damals zuerst saßen mit dem Meister Theodoros Antoniades, dem vertriebenen Mann von der Insel Chios, den sein böses Gestirn zu meinem hohen Segen nach Nürnberg geleitet hatte. Er hatte vor dem türkischen Feinde nichts gerettet als etliche Rollen und selbstgeschriebene Bücher und seine Sprache, davon es ausging wie eine

Offenbarung und gleich einem siebenfarbigen Lichtstrahl in meine Seele fiel. Ich half dem Heimatlosen zu leben, und er lehrete mich seine griechische Zunge und wollte sie auch den Freund lehren, und es wäre auch vielleicht angegangen, wenn das Kind nicht sein lockig Häuptlein in die grüne Laube gesteckt hätte. Der Meister Theodoros malte uns eben mit einem Stück Kreide das erste Gamma auf den Tisch, da kam das Kind, und das Griechische war verloren für den wilden Junker Michel Groland von Laufenholz. Er fing das Kind mit Lachen und hob es kosend in die Luft und störte uns mächtig. Ich schalt ihn ernstlich, doch er lachte nur mehr und hat es um das Dirnlein nicht über das Alphabet hinausgebracht: da aber schon bildete sich sein Schicksal heraus und das meinige.

Das Dirnlein ist zu jeder Lektion gekommen, so wir in dem Garten hielten, und wenn der Michel uns fernerhin auch nicht viel störete, so hielt er doch die kleine Freundin auf dem Knie, und die Mechthild hat wohl mehr von dem Meister Theodoros Antoniades gelernt als der Michel; denn sie hörte aufmerksam und still genug zu und sah mit großen, ernsten Augen auf das kummervolle Gesicht des weisen, verbannten Lehrers. Nach der Lektion war auch sie freilich wild genug, und der Michel Groland und sie haben Jagden gehalten durch den Garten um Busch und Baum, daß alle Nachbarn die Köpfe aus den Fenstern schoben und die Grundherrschen Frauen und Jungfrauen aus dem Hause Zum Güldenen Schilde mit fröhlicher Verwunderung sich an ihr Gartengitter lehnten und dem Spiele zwischen dem jungen Kind und dem erwachsenen Kind lächelnd zusahen. Selbst die uralte Mutter, die Altmutter des Hauses Zum Schilde, die ein jung Eheweib war, als Kaiser und Reich in ihrem Hause über die Güldene Bulle zu Rate saßen, die vor dem Altar des Hauses neben den Kurfürsten des Heiligen Römischen Reiches gekniet hatte, selbst die kam, auf ihren Stab und ihrer Enkelin Arm gestützt, an den Zaun und hatte ihre Lust an der Jugend Lust.

Tolle! lege! Diese Altmutter, die Anna Grundherrin, die vor Kaiser und Reich so großer Ehren gewürdigt wurde, hat nachher noch eine größere Ehre auf sich genommen in Barmherzigkeit und Demut. Sie ist der ersten Mater Leprosorum, der ersten Mutter der Sondersiechen, der Ußlingerin, Helferin gewesen; und da ich nicht Kaiser- noch Reichshistorie schreibe, sondern von mir und den

Meinigen, so brauche ich von der Güldenen Bulle nicht weiter zu reden, wohl aber von den Sondersiechen, und wahrlich habe ich ein traurig Recht dazu, wie man wohl erkennen wird, wann ich heute abend diese Feder niedergelegt haben werde.

Im Jahre unseres Heilands 1394 hat sich das christliche Herz zuerst auf die Sondersiechen gewendet. Damals war ein gar frommer Prediger in der Stadt, der Meister Niklas im Spital Zum Heiligen Geist. Dem gelang es zuerst, die Gemüter des Volkes von Nürnberg zu erwecken mit Gottes Beistand. Er fing an zu predigen in seiner Kirche für die Leprosen und schrie laut um Handreichung für das große, unsägliche Elend und schrie vor allen zu den milden Frauen, rührete ihnen das Herz, und sie antworteten seinem Rufe.

Da kamen zuerst drei andächtige Weiber, die Ußlingerin, dann die große Anna Grundherrin aus dem Güldenen Schilde und die Anna Weidingin, die huben an, die Sondersiechen zu speisen: im Anfang drei Tage in der Marterwochen, am Mittwoch, Grünen Donnerstag und am Karfreitag. Und andere folgten und immer andere, und ward ein leuchtend Werk im Jammer. Da kamen sie, mehr denn zweitausend Verlorene, auf Sankt Sebaldi Kirchhof, wo der feurige Bruder Johannes Kapistranus auf dem Predigtstuhl stehet, und saßen nieder nach der Ordnung zu Tisch, und ward eine Stiftung im ersten Eifer für alle Zeiten, der Sondersiechen Stiftung, und ward nach Recht und Billigkeit den Weibern die Führung gegeben. Deren Älteste aber ist der Sondersiechen Mutter genannt worden.

Das war alles im Eifer! Und wenn in der Frauen Busen die milde Flamme blieb, bei dem Rat nahm sie balde an Licht und Wärme ab und erlosch schon im Jahre 1401. Da kam ob des gewaltigen Zudrängens eine Verordnung, daß die Leprosen nicht mehr in die Stadt gelassen werden sollten, auf daß die Gesunden vor ihnen verschonet blieben, und der Herr mußte selbst zufahren aus der Höhe, daß das gute Werk und Wort Domini Magistri Nicolai am Heiligen Geist nicht zu größerem Elend denn vorher verkehret würde.

Ja er fuhr baldig und scharf zu, schickte Siechtum über die Stadt ohne der Sondersiechen Verkehr, schickte Sterbensläufe, wie sie bei Menschengedenken nicht vorgekommen waren. Wie Tolle rannten die Kranken durch die Gassen; denn die Geißel nahm ihnen Sinn und Verstand, und war kein Unterschied zwischen Armut und Reichtum, zwischen Adel und Gemeinen, zwischen Ratsfähigen und Unratsfähigen.

Der Herr fuhr scharf zu aus der Höhe, und von neuem wurde in den Kirchen gepredigt für die Leprosen, und ein jeglicher Kanzelherr hielt dem bußfertigen Volke vor, das sei die Strafe von Gott für die Grausamkeit, so man an denen geübet habe, die sich nicht selber helfen können. Ist also sowohl der große wie der kleine Rat in sich gegangen, und ist von neuem beschlossen und öffentlich verkündiget worden, daß die Sondersiechen aus ihren Siechkobeln vor den Mauern wiederum zu ihrem Almosen in die Stadt zugelassen werden sollten. An der Stelle der Ußlingerin aber ist die gute Frau Anna, die Grundherrin, der Leprosen Mutter geworden. –

Die Grundherrin hat nicht lange mehr dem Spiel des jungen Kindes der Grossen mit dem Junker Groland zugeschaut. Sie ist seliglich abgeschieden und hat ein hochherrlich Begräbnis empfangen. Das Kinderspiel ist dann auch einem Ende zugeeilet; denn als die Zeit herangekommen war, sind wir beide nach Prag auf die Universität gezogen, der Herr Michel von Laufenholz und ich, und haben daselbst verharret, ein jeder auf seine Weise, bis in das Jahr 1409.

Nun weiß ein jeglicher, was in dem Jahre vorgefallen ist, wie der Streit zwischen den Realisten und den Nominalisten zum Austrag kam, wie der König Wenzel der deutschen Zunge zwei von den drei Stimmen nahm, die sie bei allen akademischen Wahlen nach des Kaisers Karl des Vierten Stiflungsbrief zu geben hatte, und wie wir auszogen, bei fünftausend ausländische Professoren und Studenten, und den Flor der berühmten Schule brachen. Was aber dem einen ein tiefer Ernst gewesen ist, das war dem andern nur ein gar lustiger Spaß, und zu denen, so die Sache am fröhlichsten nahmen, gehörte mein guter Stubengesell, der Michel, und wäre wohl viel Papier zu beschreiben, wenn man alle die Torheiten und Tollheiten verkündigen wollte, so er verübte auf dem großen Zuge von Prag gen Leipzig. Damit der neuen Universität nichts fehlte, wessen sich die alte gerühmet haben mochte, so mußte auch der Junker Michael Groland von Laufenholz mit uns in Leipzig einziehen, und hat ihn der Markgraf Friedrich der Ernsthafte wohl oder übel mit den andern willkommen heißen müssen.

Aber auch in Leipzig ist der Michel mein treuer und guter Freund geblieben und hat um mich und mit mir in dem gelehrten Wesen ausgehalten bis in das folgende Jahr 1410. Dann sind wir beide nach Hause zurückgekommen, haben alle die Unsrigen noch am Leben getroffen, den griechischen Meister Theodoros Antoniades nicht ausgenommen. Die Mechthild Grossin trafen wir als ein zehnjährig Mägdlein, also der Wärterin noch nicht lange entwachsen; aber wahrlich – pulcherrima puella infans!

Und von neuem hat das alte Spiel zwischen dem Kinde und dem Junker Groland angehoben. Wir andern alle, die wir auch mit herzlicher Neigung an dem kleinen Mädchen hingen und uns seiner Schönheit erfreuten, wir wurden alle mit fast lustiger Eifersucht durch den tollen Studenten und Kriegsmann von seinem erwählten Liebling weggedrängt; der Liebling aber erwiderte die wunderliche Neigung ganz und gar und hing sich mit ganzem Herzen und in allem zierlichen Eigenwillen an den stattlichen Freund.

Das hat häufig ein gar fröhlich Lachen gegeben; aber die beiden haben sich nicht irren lassen, und viel Liebliches wäre darüber zu sagen, wie die Neigung von Tage zu Tage wuchs, sich veränderte und doch dieselbe blieb bis zu dem Jahre 1415, allwo der Junker Michael Groland von Laufenholz den ersten Dienst im Ernste für die Stadt tat und nachher für weitere fünf Jahre in der Welt wunderlich der Freundschaft und der Nachbarschaft am Paniersberge abhanden kam.

Am 20. Oktober 1414 ist der böhmische Magister Herr Johannes Huß auf seiner Fahrt zum Konzilium unter kaiserlichem Geleit in Nürnberg angelanget. Der ward wohl empfangen und ließ an alle Kirchentüren der Stadt in deutscher und in lateinischer Sprache folgendes anheften:

»M. Johann Huß ziehet nach Costnitz, daselbst seinen Glauben, den er gehabt hat, noch hat und haben wird, durch Gottes Hülfe zu verteidigen bis an sein Ende.« –

Und der Ruf zum Streit fand denn auch alsogleich seinen Widerhall. Magister Albertus, der Pfarrherr bei Sankt Sebald, hat mit dem böhmischen Meister vier Stunden lang eifrig disputiert, bis sie beide zu einem friedsamen Schluß gekommen sind und der Magister Johannes mit freundlichem Gedenken der guten Aufnahme, so er in Nürnberg gefunden hatte, seines Weges zum Konzil, zum Kerker und zum Feuertode fürder gezogen ist. Um das Konzilium aber ist uns eben auf lange Jahre der Junker von Laufenholz, mein lieber Freund, abhanden kommen; denn als im folgenden Jahr 1415 der Rat von Nürnberg Herrn Peter Volkhamer, Herrn Johann von Hollfeldt, den Prediger bei Sankt Lorenz, samt seinem Schaffner, dem Herrn Ulrich Teuchsler, ebenfalls nach Costnitz abfertigte, da ist ihnen aus der Stadt Mitte der Junker Groland als Glevenbürger und Führer des Geleits mitgegeben, hat sie glücklich und wohlbehalten abgeliefert, hat von Kaiser Sigismundi eigener Hand den Ritterschlag empfangen und ist verschollen in Italia bis zum Jahre 1420. –

Die Herren, die vom Rate gesendet waren, sind heimgekehrt und haben erzählt, was sie wußten: der wilde Freund hat der Stadt seinen Dank sagen lassen für gütige Aufatzung, einen fast spöttischen Dank; denn er hat beigefügt, er hoffe noch alles Gute dem gemeinen Wesen doppelt und dreifach heimzuzahlen, man solle nur Geduld haben und mit gutem Willen warten; – wie es sich aber machen werde, wisse er – Michel Groland von Laufenholz – freilich fürs erste selber nicht; aber die Zeit sei glücklicherweise darnach angetan, daß sich zuletzt alles zum Rechten schicken werde.

Da hat man die Köpfe weidlich geschüttelt, ich aber habe wohl noch am besten gewußt, wie es in des Freundes Sinn und Gedanken aussah; denn ich hatte ja auch am meisten davon erfahren, wie der junge Adler an den Ketten zog seit dem Tage, an welchem man den unflüggen Nestling in meines Vaters Haus trug. –

Nun saßen wir allein, der griechische Mann Theodoros Antoniades und ich, im Winter im Stüblein, im Sommer in der Laube, und der Michel störte uns nimmer dadurch, daß er uns mit dem Ellenbogen die Pergamente auf dem Tische zurückschob und uns die kleine Mechthild zwischen die Handschriften stellte und mit Lachen rief: »Sehet die an, auf daß ihr merket, wie die Welt heut noch so lustig ist wie vor tausend Jahren! Ein ganzer Sack voll Eurer Aristoffel, Meister Theodor, wieget die nicht auf. Lache sie aus, Kind, die mürrischen Narren; – lache und wachse und warte auf mich – wir beide wollen dereinst der verdrießlichen Welt noch zeigen, daß man mit einem mutigen Herzen und fröhlichen Sinn ihr selbst am Tage vor dem Jüngsten Gericht noch einen Blumenkranz abgewinnen mag!« – –

Mechthildis, das ist Heldin – mächtige Kämpferin, und es ist kein anderer Name unter den Menschen, der für mich einen so edlen Klang hat als dieser! Ich bin alt geworden und sehe jedes Jahr die Jugend und die Schönheit der Weiber mit den Blumen von neuem heraufkommen; aber es hat sich keine Knospe, so weit meine Augen reichten, zur Blüte entfaltet, die schöner und süßer war denn die, so in des Nachbar Grossen Garten unter den Schwestern aufwuchs und auf die Erfüllung ihres Lebens wartete.

Und sie wuchs und entfaltete sich, während der mutige Freund auf Rittertat und Abenteuer in der Fremde abwesend war, und was wir alle bis zuletzt für ein Kinderspiel genommen hatten, das ist zu einem Ernst geworden, der weit über das arme Erdenleben hinausreichte. Was der Freund mit lachendem Munde gesprochen hat von Treue und Ausharren, das hat die Jungfrau in tiefem Herzen bewahret und hat gewartet auf den Freund geduldig und still, ein Wunder für uns alle, denn wir wußten alle nichts davon, bis uns in der Nacht auf Simon und Juda im Jahre 1420 das süße Mysterium unter Feuerschein und Waffenlärm offenbarer wurde.

In der Nacht auf Sankt Simon und Juda 1420 hat Christoph der Leininger, des Herzogen Ludwig des Bärtigen von Ingolstadt Lehensmann, mit List und Gewalt die Nürnberger Burg eingenommen, nachdem er vorher einen heimlichen Bund mit dem Rat gemacht hatte, von welchem wenige wußten, obgleich nachher tausend Stimmen darüber in die Welt hinausgeschrieen haben.

Die Stadt möge sich stille halten, ließ der Leininger dem Rate entbieten, – er, Ritter Christoph, komme, die Burggrafen heimzusuchen, und das Beste, so aus der Fehde gewonnen werde, solle denen von Nürnberg zugute werden.

Da hat sich der Rat nicht nur stille gehalten, sondern er hat noch ein mehreres getan, worüber nachher die von der Burg vor Kaiser und Reich nicht geringe Klage erhoben. Nämlich da ihres Feindes Scharen allbereits versteckt im Hinterhalt unter ihren Mauern lagen, hat der Rat der Bürgerschaft und den Geschlechtern einen Tanz auf dem Rathause zugerichtet, und ist daraus freilich eine gar lustige, aber auch gar sonderliche Tanznacht geworden. Damals haben die Alten, die Patres, das Wort von der Geschwätzigkeit der Greise wahrlich nicht von neuem zu einer Wahrheit gemacht, und nicht einer aus der Jugend hat geahnet, zu welch einem Spiel die Fäden hinter seinem Rücken durcheinanderliefen. Wir haben uns nicht im geringsten über die plötzliche Lust zur Kurzweil, so über den ehrbaren Rat samt den Losungern, Hauptleuten und über das ganze gestrenge Collegium Septemvirorum gekommen war, verwundert, sondern ohn weiter Gefrage nach der Jugend Art die Lust am Flügel gegriffen. Mit den schönen Jungfrauen der Stadt sind wir aufgezogen, und ich habe die Mechthild, die Allerschönste im Reihen, geführet. Die Burgmannen, so der Klang der Zinken und Pauken von der Veste herablockte, haben wir diesmal kaum beachtet, obgleich man sonsten nur allzugern mit ihnen auf Schwert, Kolben und Spieß anband. Wie unsere Graubärte die Herren des Burggrafen ansahen und wie sie, während der Tanz sich drehete, mit allen Sinnen nach der Veste hinaufhorchten, konnten wir freilich nicht wissen.

Nur noch einmal habe ich des Nachbar Grossen Kind in einer größern Schönheit erstrahlen sehen, als in dieser Nacht auf Simon und Juda des Jahres 1420. – Das war dann an einem andern Tage, im Glanz der Abendsonnen unter dem Portal zum Heiligen Geiste, vor dem Schrein, der des Reiches Krone barg, und die dunkle Nacht folgte alsobald auf diesen noch glorreichern Glanz.

In dieser Nacht auf Simon und Juda ist sie nur in der freudigen Pracht der Jugend erschienen, und als sie unter dem Schein der Lichter und Fackeln durch die Windungen des Reigens lächelnd und stattlich schlupfte, da ist wohl kein Auge gewesen, welches nicht mit Freude und Stolz dem holdseligsten Kinde von Nürnberg nachfolgte. Ich glaube, selbst die in so grimmigem Ernst stehenden und harrenden Alten hatten einen Blick und ein Wort für die schöne Jungfrau übrig.

Aber die Stunde ist gekommen, die der Rat mit dem Leininger besprochen hatte, und der Leininger ist so gut gewesen als sein Wort. Plötzlich ist mitten in der höchsten Lust ein großer Schrecken, ein Auffahren und Aufzucken durch das Fest gegangen; ein wilderer Lärm hat sich in den Zinken- und Flötenschall gemischt, in den Gassen hat das Volk aufgeschrien; ehe sich noch einer besann, fiel schon der rote Feuerschein von der gewonnenen Burg in die Fensterbogen und über die schreckensbleichen Gesichter der Gäste des ehrbaren Rates von Nürnberg.

Von ihren Sitzen sind die Wissenden, die Alten, aufgesprungen und haben »Sieg!!« und »Libertas!« gerufen. Über den bekränzten Häuptern der Jungfrauen haben die Schwerter der Jünglinge gefunkelt, und alle Glocken der Stadt haben den Sturm und Waffenruf aufgenommen, haben die Kranken und die Kinder erweckt, die

Männer aber mit der Wehr in die Gassen hinausgerissen und dem Rat und dem Leininger das gefährliche Spiel gewinnen helfen.

Da ist das Fest und der Tanz auf dem Rathause freilich zu Ende gewesen; aber ein anderes, tolleres Fest und Tanzen hat begonnen. Die Burgmannen, die nach ihrer Art spöttiglich und höhnisch herniedergestiegen waren, die bürgerliche Lust womöglich zu stören und zu kränken, sind mitten im Saale niedergeworfen und entwaffnet worden. Sie mochten wohl »Verrat!« schreien, doch die Stadt jauchzte mit Recht, als sie erfahren, um was in dieser Nacht man die Würfel warf.

Nur wenige Jahre später verkaufte der Burggraf Friedrich, der erste Kurfürst von Brandenburg, die ausgebrannte Ruine der Veste der Stadt Nürnberg mit allem Zubehör inwendig und auswendig, die Freiung, der Pforten Öffnung und Verschluß samt allen Rechten auf den Sebalder und Lorenzer Forst und behielt sich nur den Wildbann, Lehen und Geleit und der burggräflichen Leute Güter und Rechte vor. – Und so hat von dieser glückseligen Nacht an niemand ein größer Recht in Nürnberg aufweisen können als Nürnberg selber und der Kaiser; doch davon will ich weiter nicht reden, sondern davon, daß in eben dieser Nacht auf Sankt Simon und Juda mit dem Ritter Christoph von Leiningen ein anderer Ritter, ein Verschollener, Schwert in der Hand, über die Mauer gestiegen ist der Stadt zu großem Dienst nach seinem Wort: mein lieber Freund und Bruder, Michel Groland von Laufenholz – der wilde Junker Groland, auf welchen die schöne Tochter des Nachbarn seit dem Kinderspiel im Gärtlein wartete! –

Durch den Wirrwarr der Stadt, die Burggasse hernieder, von der flammenden Veste herab, tanzten, die gezückten Schwerter und Streitkolben schwingend und Fackeln in den Händen, die ersten der glücklichen Eroberer. Durch den großen Rathaussaal wälzte sich Welle auf Welle des erregten Volkes, und wir hatten genug zu tun, die Matronen und die Jungfrauen vor dem Erdrücktwerden zu schirmen. Die Alten waren aufgestanden von ihren erhöheten Sitzen, strichen vergnügt die grauen und weißen Bärte und nickten mit Behagen jedem guten Bekannten in der Menge zu; aber es währete noch eine gute Zeit, ehe einer von ihnen zu einem verständlichen Wort in dem übermächtigen Getöse kam. Das geschah erst, als auf den Schultern der Bürger die ersten der Boten des Leiningers in den Saal hineingehoben wurden, und da fühlte ich, wie der Arm Mechthildis', der in dem meinigen lag, plötzlich erzitterte. Die Jungfrau hatte den Freund im wogenden Getümmel über den Köpfen der Menge, im roten Widerschein der brennenden Burg und der Fackeln zuerst erkannt; aber auch mein Herz jauchzte hoch auf ob des unerwarteten Anblicks. Vor der mächtigen Stimme des Ritters Michel Groland von Laufenholz ist es dann auch still geworden im Saale, und der Freund hat der Stadt die geschehene Tat im einzelnen verkündiget; dann aber hat der Schall der Posaunen und Zinken alles wieder übertönet; die Freundschaft und Verwandtschaft hat uns den Ritter entgegengeführt, und so sind in dieser wilden Nacht der Freund und die Freundin zum erstenmal seit Jahren wieder zusammengekommen, und wunderliche Tage sind dem wunderlichen Wiedersehen gefolgt. –

Der Ritter Groland hatte der Stadt Nürnberg einen guten Dienst geleistet, und mit Dankbarkeit hat die Stadt das auch anerkannt; aber wenn er sich in das Herz des Kindes Mechthild fast wie in die Nürnberger Burg geschlichen hatte, so mußte er doch nun um das Herz der Jungfrau Mechthildis eine neue und lange Belagerung anfangen, ehe es gestehen mochte, daß es sich ihm schon seit dem Kinderspiel gegeben habe. Das ist der Frauen Art und gehört zu den Listen, durch welche der Erde Schönheit und Lieblichkeit sich erhält in allem Zorn, Hader und Wüten der Zeiten. Wie schlimm und blutig es rund um uns her aussehen mochte, wir sind still und glücklich und in großer Ruhe gewesen durch die beiden Frühlinge einundzwanzig und zweiundzwanzig.

Jetzt schob in der Laube der Ritter von Laufenholz unsere Handschriften nicht mehr mit dem Ellenbogen zurück, um das blühende Leben an ihrer Stelle uns auf den Tisch zu heben. Die Jungfrau blieb sittsam in dem Bereich ihres Gartens, verborgen durch dichtes Gezweig, und nur selten erglänzte ihr Gewand von ferne durch das Grün. Aber der griechische Meister Theodoros Antoniades von Chios hatte jetzt eben des Anakreon Gedichte in die lateinische Zunge übertragen und las sie uns vor und hatte nunmehr keinen aufmerksameren Zuhorcher als den einst so wilden Freund Michel Groland. Der Michel hat mir damals manches gute Blatt edlen Pergaments gestohlen, und jetzt bin ich mit Lachen über ihn gekommen, wenn er saß, sich die Haare zerwühlte und deutsche Lieder machen wollte wie Herr Wolfram von Eschenbach, Herr Walther von der Vogelweide und Meister Heinrich Frauenlob, den die Frauen von Mainz auf ihren Schultern zu Grabe trugen und dessen Leichenstein sie mit so vielem köstlichen Wein begossen, daß die Kirche überfloß und die Männer die Hände rangen und die Haare zerrauften.

Wahrlich, so haben wir gelebt bei schon begonnenem hussitischen Wüten! Und es ist die Jungfrau gewesen, so uns hinausgewiesen hat aus der Weltvergessenheit in die verwüstete, blutige, flammende Welt, in den Kampf um des Reiches Krone! –

Wir hatten nach deutscher Männer Art plötzlich alles vergessen um die gegenwärtige Stunde. Da uns wohl war in dem Augenblick, so sahen wir nichts und hörten wir nichts anderes. Wir wußten kaum, daß allbereits Johannes Ziska vom Kelch, der Hauptmann in der Hoffnung Gottes der Taboriten, im Felde gegen uns stand, und mit müdem Verdruß hatten wir sogar kaum auf das acht, was sich Seltsames und Großes in den Mauern unserer eigenen Vaterstadt begab. Und wahrhaftig, es ereignete sich des Wundervollen viel in der Stadt.

Schon im Jahre 1421 war der Kardinal Brando Placentius de Regniostoli, des Papstes Nuntius, in Nürnberg eingezogen, um mit den Kurfürsten und Fürsten des Kaisers zu warten. Aber der Kaiser Sigismund, durch des Reiches Not auf dem Wege gehindert, mußte den Reichtstag nach Wesel legen und kam erst im folgenden Jahr zweiundzwanzig nach Nürnberg auf den Tag, und ist dann freilich eine stattliche Versammlung vorhanden gewesen.

Während der Michel und ich mit dem Meister Theodoros der Griechen Poeten lasen, sind die Kurfürsten von Mainz, von Trier und von Köln eingeritten, sind der Pfalzgraf und Kurfürst bei Rhein, der Kurfürst von Sachsen und Friedrich von Hohenzollern, der Kurfürst von Brandenburg, gekommen und mit ihnen, nach und vor ihnen eine unzählbare Menge von Fürsten und Prälaten, Grafen und Rittern, der Freien Städte Gesendete nicht zu vergessen. In Sankt Sebald hat vor Kaiser und Reich der Propst Hermann von Neunkirchen das Hochamt de Sancta Cruce gehalten, ist der Kreuzzug wider die Hussiten ausgerufen worden und hat des Papstes

Legat, der Kardinal von Regniostoli, dem Kaiser des Kreuzes Fahne in die Hände gegeben. Der Kaiser wiederum aber legte mit dem Panier das Schwert in die Hände Friedrichs des Ersten, des Kurfürsten von Brandenburg, auf daß er des Reiches Heer führe und des Reiches Krone erlöse.

Das war ein Geläut der Glocken in Nürnberg! Und unter dem Klingen und Dröhnen in den Lüften hat sich die verborgene Pforte geöffnet, die aus des Nachbar Grossen Garten in den unsrigen führte, und durch den engen, eingefriedeten Weg her ist die Jungfrau, die als klein Mägdlein so viel lieber unter dem Gezweig der Hecken durchschlüpfte, aufgerichtet, ernst und stolz hergeschritten und hat uns aufgetrieben von unsern Sitzen wie eine Erscheinung der Engel des Herrn.

Im Zorn ist sie vor uns gestanden und hat geredet ohne Scheu. Der Ritter Groland und ich haben uns knapp auf den Füßen gehalten; aber der griechische Heimatlose, der Meister Theodoros Antoniades, hat balde das Gesicht mit beiden Händen bedeckt, und die Tränen sind ihm zwischen den Fingern niedergerollt.

»Wisset ihr nicht, wie es gehet um des Reiches Krone?« hat die Jungfrau gerufen. »Was sitzet ihr und treibet Kurzweil mit fremder Völker toten Zeichen und Schriften, weil daß eures eigenen lebendigen Volkes Krone, Zepter und Schwert so hart berannt und bedrängst wird von dem Feinde, von dem man nichts wußte, ehe *wir* ihn groß machten durch unsere Schuld! Um was werbet ihr, während Kaiser und Reich und alles Volk um Hülfe ruft für die Krone, die der große Karl in Aachen auf seinem heiligen Haupte trug? Meister Theodor, saget Ihr es ihnen doch, daß man heute im eisernen Harnisch bleiben muß, wenn man sein Weib, seine Kinder und sein Haus vor Schmach, Tod und Verwüstung schützen will, wenn man nicht heimatlos umfahren will, ein Fremder in der Fremde! Wie lange glänzt noch der goldene Reif des Kaisers Konstantin, ihr Männer von Byzantium? Habet ihr nicht gestritten für die Krone, wie es sich gebührte, ihr griechischen Leute? Wehe euern Frauen und Töchtern, wenn sie euch nicht das Schwert in die Hand drückten, da es noch Zeit war!« – –

Da brach die Jungfrau ab mit lautem Weinen; aber der wilde Freund, der tapfere Ritter Michel, lag zu ihren Füßen und küßte auch mit Tränen in den Augen den Saum ihres Gewandes; sie aber legte ihm leise die Hand auf das Haupt und entfloh. Mit zitternden Händen suchte der Verbannte, der heimatlose Grieche, seine Schriften zusammen, seine Kniee bebten; gleich einem vom Armbrustbolz Getroffenen sah er auf uns und rief:

»Wehe euch, wenn ihr nicht höret, was die Kinder, die schwachen Mägdlein und die Gräber eurer Vorfahren euch in die Ohren gellen, – wehe euch!«

Und auch er entwich in taumelnder Eile aus der Laube; und so wurden der Ritter Michel und ich gewonnen für den Kampf um des Reiches Krone. – –

Mitten im tobenden Böhmerlande, an dem Wasser, die Beraun geheißen, lag das stolze Schloß, welches der Kaiser Karl, des Namens der Vierte, der Böhmer Abgott, erbauete und es nach seinem Namen den Karlstein nannte. Dorten bei der böhmischen Krone Heiligtümern lagen auch die viel größeren Heiligtümer des Heiligen Reiches Deutscher Nation, lag die Krone Caroli Magni, sein Zepter, Schwert und Reichsapfel bei dem heiligen Eisen des Speeres, der die Seiten unseres Herrn und Erlösers öffnete, und allem andern. Und wider Recht und Versprechen lagen sie da.

Wider Recht und Versprechen; denn gegen sein den Kurfürsten gegebenes Wort, daß er sie immerdar lassen wolle in Nürnberg oder Frankfurt am Main, hatte der Luxemburger sie schnöde nach seinem Karlstein geführet, weil er seinem Böhmerreich alles Glück und alle Gunst und dem Reiche der Deutschen, dessen höchster Vorstand er doch war und dessen Mehrer er doch allezeit sein sollte, wenig oder nichts gönnete oder doch nur das, was bei seinen Böhmen grad vom Tische fiel.

Seit dem Jahre 1350 lagen des Volkes uralte Kleinodien auf dem Karlsteine, den nun im Jahre 1422 die Prager mit aller Macht, mit Sturm auf Sturm umlagerten und berannten, auf daß sie des deutschen Reiches Krone in ihre Gewalt brächten und des deutschen Volkes Schmach, so doch kaum mehr auszusagen war, vollendeten, wenn sie sich seiner hochheiligsten Heiligtümer nach ihrem Willen bemächtiget haben würden.

Um die Krone, den Mantel, das Schwert und Zepter Caroli Magni bewegte sich aber das Herz von Nürnberg am heftigsten; denn das war die größeste Ehr der teuern Stadt, daß sie vordem gewürdigt gewesen war, die Kleinodien zu bewahren; und um sie wiederzuerlangen, hätte doch ein jeglicher, so gering oder stumpf von Sinnen er sein mochte, Blut und Leben mit Freuden hingegeben.

So ward, nachdem Kaiser und Reich dem Rat und der Bürgerschaft von Nürnberg aufgegeben hatten, zweihundert wehrliche Mannen, dreißig Gleven, das ist Ritterhaufen, und dreißig Schützen dem Kurfürsten Friedrich von Brandenburg für den Zug zu stellen, ein mächtig Zudrängen aller jungen Helden innerhalb der Ringmauern.

Auf der Jungfrau schönes Wort sind auch wir, der Michel Groland und ich, zu den andern getreten, und im Anfang September des Jahres 1422 da saßen wir drei zum letztenmal in Hoffnung und Glück beisammen und ergötzeten uns an unsern lichten Gedanken in die wirre Zukunft hinein. Was aber der Michel und die Mechthilde einander versprochen haben, das wurde gar leise gesagt; aber sie beide hatten die allerlichtesten Gedanken und versprachen sich das allerseligste Glück, wenn des Reiches Krone von dem schlimmen Feind erlöset sein würde.

Nicht lange, so sind wir von dannen mit dem Heer. Alle Freunde und Verwandten haben uns am Laufer Tor und von den Mauern nachgesehen, und oft noch im Reiten haben wir uns gewendet und zurückgeschaut; denn von der hohen Mauer hat auch die holde Maid mit dem Tüchlein gewehet, und neben ihr hat mein Meister, der Mann von Chios, Theodoros Antoniades, das kummervolle Haupt an der Brüstung auf die Hand gestützet und seiner eigenen bedrängten Heimat schmerzensreich gedacht.

So kam ich dazu, zum erstenmal das Schwert für das Reich unter dem Banner der Stadt zu führen, und wahrlich war *der* hochbegnadet, dem es vergönnt war, daß er von diesem Streit und Mühsal sein Teil auf sich nehmen durfte.

Das wurde der wildeste Krieg, den ich jemalen gesehen habe, und das Land, das wir nun durchzogen, sahe freilich aus, als ob der Welt Untergang daselbsten schon begonnen habe. Im schwarzen Brandschutt lagen alle Dörfer und die meisten der Städte. Mit Leichen und Knochen waren die Felder bestreuet. Eine Rauchwolke bei Tage und eine Feuersäule bei Nacht, wandelte auch vor der Hussiten Heereszügen der Herr, die Sünden der Erde zu strafen. Alle Farbe verblich vor dem heißen Atem der Taboriten, und blieb nichts übrig hinter ihnen als die Wüste und die Finsternis. Und mitten in der Wüste, der heulenden Wüste, wußten wir die hohe Burg gelegen, die unseres Volkes Kleinodien wider Recht, doch nun von guten Wächtern geschützet, barg! Mit heißem Atem, mit keuchender Brust rangen auch wir uns durch, die Kronenwächter zu befreien, die Krone zu erlösen. –

Auf Saaz zogen wir zuerst, doch mit wenig Glück, wie denn das deutsche Volk in diesem grausen Kriege immer wenig Glück gehabt hat. Die große Sünde von Costnitz sollte gebüßet werden, und sie ist gebüßet!

O Bruder Johannes Kapistranus, merke: Konstantinopolis ist gefallen, ist in der Heiden Hand gefallen; des oströmischen Reiches Krone ist versunken; aber des deutschen Reiches Krone haben wir errettet, wir, die Bürger der edlen Stadt Nürnberg, und Friedrich von Hohenzollern, der erste Kurfürst von Brandenburg, der uns führete und auf seinen Schultern den güldenen Schrein, so des großen Kaisers Karl Zepter und Schwert barg, wegtragen half vom Karlstein, den der Fremdling erbauet hatte zum Gefängnis für des deutschen Volkes höchsten Schatz! –

Auf Saaz zogen wir zuerst, doch mit wenig Glück. Da war ein Herr von Plauen im Heer, der wollte die Hussitenstadt durch Tauben und Spatzen, denen er Feuer anband, entzünden. Doch die Vögel, vom Schmerz getrieben, flatterten auf unser eigen Lager zurück und setzten es in Brand, daß wir eilends von der Stadt weichen mußten und wieder ein großer Triumph der Taboriten darinnen war. Sie schrieen uns nach von den Wällen; doch mit Zuzug vom Pfalzgraf Ludwig rückten wir weiter durch den Wald, im immerwährenden Gefecht, Tag für Tag.

Schild bei Schild, Schulter an Schulter wanden wir uns durch, bei jeglichem Schritte tapfere und liebe Kriegsgenossen wund oder tot zurücklassend. Die Wunden streckten wohl die Hand uns nach und winkten zum Abschied; doch nicht einer hat die Hand ausgestreckt, die Weiterziehenden zurückzuhalten. Die schlechtesten Gesellen im Heer setzten ihre letzte Kraft ein für des Reiches Krone, und in übermenschlicher Anstrengung drängte der Hintermann den Vordermann auf dem grimmen Wege. Wir ritten und stritten wie im Fieber; wir lachten der Pfeile, die aus den Tiefen der Wälder, hinter jedem Gebüsch und Felsen hervor auf uns einflogen. Wie im Fieber glänzten die Augen, die Arme und Fäuste gewannen gedoppelte Kraft, und je kleiner das Heer wurde, desto herrlicher stieg in uns der Glaube an das Gelingen unseres Vornehmens in jeglicher Brust auf. Wir wollten alle sterben um die Kleinodien Caroli Magni, und so, da niemand diesmal den Tod achtete, so haben wir diesmal auch unsern Willen erlanget, sind durchgebrochen durch die feindlichen Haufen, durch den schlimmen unbekannten Wald, über Strom und Gebirge und haben den Karlstein zu Gesichte bekommen wie das erste Kreuzesheer die Zinnen der heiligen Stadt Jerusalem!

Da ward erst ein Geschrei und dann eine große Stille, als der wilde Wald vor uns sich lichtete und aus der Höhe die goldenen Kreuze der Türme, die unsern Hort bargen, auf uns niedersahen. Doch ein Geschrei ging auch auf aus der Tiefe zu unsern Füßen; da dehnte sich der Hussiten Lager, und wir sahen und hörten sie in wütender Arbeit mit schweren Büchsen, Wurfmaschinen und Sturmleitern; – wir sahen die Kronenwächter des deutschen Reiches auf den hohen Mauern der Veste, und der Kurfürst Friedrich wandte sich, das Schwert erhebend, und winkte.

Dann brachen wir hervor aus dem Walde hinunter in das Tal, auf der Hussiten Lager ein, dem Kurfürsten nach, ein Feuerstrom des Zorns. Da fielen wir auf die Taboriten und schleuderten den Brand in ihre Gezelte und schritten über ihre Leiber durch den Qualm und die Flammen. Schon stritten wir unter den steilen Felsen, so die gewaltige Burg tragen, und sahen über uns, über dem Rauch und

Gewühl von der Hochwacht des Reiches Banner wehen, vernahmen den Jubelruf der Kronenwächter auf den Zinnen und durch allen Lärm der Schlacht feierlich und klangvoll das hehre Läuten der Glocke Zum Heiligen Kreuz, den Ruf der Glocke, so über dem Schrein der Kleinodien des deutschen Reiches schwingt.

Und die Schlacht währete nicht lange; wir würgten die Feinde, die nicht weichen wollten. Wir schlugen die Prager und trieben sie zurück von den Mauern, welche sie so arg bedrängt hatten; wir gewannen das erste und das einzige Glück, so der Deutschen Schwert in diesem schaudervollen Kriege gegen den Glauben der Wiklifiten gehabt hat: wir erretteten dem deutschen Volke seine Heiligtümer vor der äußersten Schmach in der Fremden Hand, und wir brachten sie heraus aus dem Böhmenland, daß sie für eine bessere Zeit dem Reiche unversehrt blieben!

Die Prager flohen, und wir drangen aufwärts den steilen Pfad hinan. Sie streckten uns von oben die müden Hände von den Zinnen entgegen; wir sahen sie knieen und sahen sie tanzen auf den Türmen, die tapfern Wächter der Krone! Wir drangen aufwärts auf dem engen, steilen Pfad, ein jeglicher in seinem Harnisch geschoben und gehoben von den Nachklimmenden; wir drangen aufwärts bis zu dem ehernen Tore, welches so lange und so gut gegen den hussitischen Ansturm gehalten hatte. Der Hohenzoller, der uns so gut für des Reiches Krone geführt hatte, ließ die blutige Streitaxt sinken und nahm den Helm vom Haupt. Die eherne Pforte tat sich auf vor ihm und uns; die Vordersten drängten jetzt die Nachfolgenden in plötzlicher Scheu und heiligem Schauder zurück; ein Stillstand kam in das Heer, so des großen Kaisers Karl Zepter und Reichsapfel erlöset hatte; wir sahen den ersten Burghof gefüllt mit den verwundeten und kranken Wächtern, wir sahen die Gesunden müde von der Schlacht und vom Hunger entkräftet; – wir waren mit dem Kurfürsten von Brandenburg zur richtigen Stunde gekommen – o daß das gleiche geschehen möge in allen kommenden Jahrhunderten bis zu der Welt wirklichem Ende! – – –

Sie riefen Heil und Segen über uns, als sie uns auch hier die müden Hände entgegenstreckten und die ersten des hülfebringenden Heeres an die keuchende Brust zogen.

Ja Heil und Segen! Das war uns wahrlich eine hohe und segensreiche Stunde! Da ward wieder in der Nähe eine große Stille, daß man nur das leise Rasseln der Rüstungen und Klirren der Wehren hörte und aus dem Tal herauf unter der hohen Torwölbung durch den nimmer verhallen wollenden Siegesruf der Tausende deutscher Männer, die mit uns gekommen waren, doch nicht der Ehre teilhaft werden konnten, als die ersten die Burg zu betreten.

Mit Staunen sahen wir nun rings um uns her die himmelhohen Wände aufsteigen, hinter denen der Luxemburger den entlehnten Schatz als sein Eigentum geborgen hatte. Wir sahen die drei Zwinger, einen über den andern, bis in die Wolken ragen, wir sahen die Königliche Pfalz in aller ihrer Herrlichkeit vor uns, und geführet von den Hauptleuten, dem Dechanten, den vier Canonicis und den Kaplänen der Burg, durchschritten wir Tor um Tor, über eine dröhnende Zugbrücke um die andere, bis zu der Kirche der heiligen Katharina, allwo wir, dicht aneinander gedränget, mit dem Kurfürsten im stillen Gebete knieeten, ehe wir es wagten, dem größern Heiligtum, der Kapelle des heiligen Kreuzes, uns zu nahen.

Mit deutschen Helmen, Sturmhauben, Speeren und Schwertern waren nunmehr alle Höfe und Gänge, alle Hallen und Gemächer der Burg erfüllet. Wo sonsten nur des Böhmenlandes vornehmste Männer und edelste Herren leise wandeln durften, wo selber der König nur leise ging, da hatte heute der geringste Mann, der um die Krone mit ausgezogen war, ein höher Recht. In des Königs Zimmern lehnten die Bürger von Nürnberg ihre Spieße an die buntgemalten Wände oder hingen ihre Äxte an das reich vergoldete Getäfel. –

Noch war eine Brücke aufgezogen, noch war eine Pforte mit neun Schlössern versperret. Das war die Brücke, die zu der Kirche des Kreuzes führte, das waren die neun Schlösser, so des deutschen Reiches Krone hüteten. Diese Brücke senkte, diese Schlösser öffneten sich für niemand als die Kronenwächter und den König; mit gezückten Wehren hielten die geharnischten Mannen hier bei Tage und bei Nacht Wache.

Wer aber hatte heute hier ein größer Recht, der König Sigismund oder wir?

Auf das Winken des Kurfürsten senkten sich alle unsere Banner; aber auch die Zugbrücke, die uns noch den Pfad sperrte, fiel hernieder. Dann rasselten die neun Schlösser der Pforte, und im tiefen Schweigen traten wir in den geweihten Raum. Da leuchtete es uns aus der Höhe und von allen Wänden und Pfeilern wie rotes, grünes und blaues Feuer entgegen; im Schmuck der köstlichsten Steine glänzte jeglicher Ort, und nun schied uns nur noch ein hohes, kunstreiches goldenes Gitter von dem Allerheiligsten.

Da fühlte ich eine schwere Hand auf meiner Schulter; es war die in Eisen gewappnete Hand und der Arm des Freundes, die sich um meinen Nacken legten.

Wir hatten einander gestützt, wenn einer von beiden strauchelte auf dem Wege. Wir hatten einander mit den Schilden gedeckt, und hundertmal hatte die Waffe des einen den Tod vom andern abgewehret; aber was sollte ich Großes von mir und dem Michel Groland schreiben, so lange ich eben geschrieben habe von des Reichsheeres Zuge zum Karlstein? Wir beide waren ja doch nur zwei Tropfen in dem Strome, und alles, was wir erleben mochten auf dem Wege, erfuhr in Leid oder Freude, in Schmach oder Ruhm das ganze Heer.

Plötzlich hier, auf der Hochwacht der Burg des vierten Karls, in der Kirche Zum Heiligen Kreuze, vor dem Schreine, der die Reichskleinodien barg, gewannen wir unser eigen einzeln Leben zurück.

Der Freund und Bruder, der starke Michel, neigte seinen Mund zu meinem Ohr und sprach leise: »Lieber, nun sage einen Spruch für mein Glück! Hier an diesem Orte, hier, hier, nach so großen Mühen für des Reiches Krone, – hier vor des deutschen Volkes hohen Heiligtümern bitte für mich, daß ich des deutschen Volkes allerhöchste Kron für mich selber gewinnen möge!«

Ein Blitzstrahl fuhr nicht aus der goldenen Nische hervor, herüber vom Schwert des heiligen Ritters Mauritius, vom Schwerte des großen Kaisers Karl und schlug den wilden Freund um des wunderlichen, verwegenen Wortes. Aber ein tiefer Schauder, eine Kälte und eine feurige Flamme gingen mir durch die Gebeine.

In dem Augenblick jedoch stimmte der Burgdechant mit seinen Canonicis und Kaplänen das Gloria deo an; alle Gegenwärtigen fielen ein in den Gesang, die Bilder an den Wänden, die gemalten und mit köstlichem Gestein besetzten Bilder aller Gestirne am Gewölbe, die Adler des Reiches schwankten im roten flammenden Lichte, welches die Abendsonne durch die bunten Fenster warf: es schwankte alles um mich her, nimmer hat der Lärm der größesten Schlacht mich also sehr betäubt, als diese Stunde es tat; aber das Gebet für den Freund und seine Liebe habe ich auch gesprochen vor des Reiches Krone. –

Tolle! lege! Horch, des Volkes Geschrei von Sankt Sebaldi Kirchhofe her! Die ganze übrige Stadt ist stille wie das Grab; auf einen Fleck sind die Nürnberger Sünden und Eitelkeiten zusammengeflossen – horch, wie sie rufen die Tausende um ihr Elend! Der Mönch dorten auf der Kanzel greifet ihnen wahrlich scharf in die Herzen! Sie mögen wohl schreien, sie mögen sich wohl die Brüste zerschlagen ob des grimmigen Franziskaners Bußpredigt: was aber will sein kreischend Wort gegen die süße, sanfte Stimme, die mich umgerufen hat? Was ist und bedeutet das, was der Mönch sagt, gegen die Mahnung, so ich vernommen habe in den Tagen meiner Jugend?

Die Schriftkundigen in den Klöstern und den Städten haben des deutschen Volkes Jammerhistoria, wie wir sie um die Costnitzer Schande erleben und erproben sollten, aufgezeichnet auf Pergament und Papier Jahr für Jahr, Tag für Tag, daß kommende glücklichere Geschlechter mit Grauen die blutigen Blätter umwenden werden. Ein jeglicher weiß, wie es aussahe im Reich, wie nirgendwo eine Stelle für das Glück und die Ruhe der Menschen zu finden war als hinter den höchsten Mauern der gefestigten Städte, und auch da nicht einmal, sondern dann nur unter den Steinplatten der Kirchen, unter dem Rasen der Kirchhöfe. Ein jeglicher weiß, wie die Hussiten sieghaft und immerdar sieghaft kamen und gingen und wie der Feuerschein, der zu Konstanz am Bodensee aufgegangen war, durch lange, lange scheußliche Jahre nicht erlosch über dem deutschen Volke. Und wie für die Menschen, die Bürger des Reiches, so war auch für des Reiches Krone keine Ruhestelle an keinem Ort auf der Heimaterde. Das Schwert Caroli Magni hatte seine Kraft verloren, das Schwert Sancti Mauritii regte sich nicht mehr in seiner Scheide für die Herrlichkeit des Römischen Reiches Germanischer Nation. Nach der Blindenburg im Ungarlande mußte der Kaiser

Sigismundus die Heiligtümer flüchten, bei den Hunnen mußte er sie bergen, und dorthin hat ihnen von dem Karlstein aus mein lieber Freund und Bruder, der gute Ritter Michel Groland von Laufenholz, für die Stadt Nürnberg das Geleit geben müssen, und hat er den Dienst nicht versagen können, obgleich er vor dem Altar der Kreuzkirche in des Luxemburgers Böhmenveste sich eben erst siegesfreudig dem Dienst um eine andere Krone geweihet und gelobet hatte.

Des Kurfürsten Wort und Befehl hielt ihn zurück vom Heimritt mit uns andern. Nach Ungarn ging sein Weg – in das Verderben ist sein Weg um des Reiches Kleinodien gegangen. Erst im Jahre 1423 ist er von Ofen zurückgekehret zu gräßlichstem Wehe; aber nimmer auch ist einem Manne eine größere Herrlichkeit von einem Weibe gegeben worden als ihm, da er im Elend versunken war und die Wellen alles irdischen Jammers über ihm zusammenschlugen. Er hat die Krone, so er die allerhöchste nannte, wahrlich für sich selber erworben! –

Nur noch ein winzig Häuflein gesunder und streitbarer Männer sind wir aus dem Böhmenlande von der Heerfahrt nach dem Karlsteine wiederum in das Laufer Tor eingezogen, und die Stadt ist auch der wenigen, die heimkamen, froh gewesen, und mit hohem Jubel hat man uns den Empfang zubereitet. Wie uns der Rat, die Bürger und die schönsten Jungfrauen das Geleit bis vor das Tor hinaus gegeben hatten, so warteten sie auch jetzo wieder dorten auf uns, und am Tore schon rief ich der um des Freundes Abwesenheit erbleichenden Freundin die frohe Mär vom Roß zu, daß der Michel Groland nicht in der Hussitenschlacht verlorengegangen sei, daß er in Mut und Freudigkeit lebe und nur zu neuem Ehrengang entboten worden sei.

Die Jungfrau neigete sich, mit der Hand auf dem Herzen; wir aber ritten weiter durch die Gassen, an Sankt Ägidien vorbei nach dem Herrenmarkt. Und es reichten mir unterwegs wohl hundert Leute die Hand auf das Pferd, und auch der Meister Theodoros Antoniades, der Grieche. Wie ein wildes Träumen lag die Heeresfahrt hinter uns, und wohl mochten wir uns der Heimkehr erfreuen; denn wer hätte in dem Volksgewühl der starken, reichen Stadt nicht vergessen, auf wie schlimmem, schwankendem Grunde auch diese

Pracht von Nürnberg gestanden gewesen ist! Wäre der griechische Mann von Chios nicht vorhanden gewesen, auch ich hätte wahrlich vergessen, daß diese starken Männer, diese hohen Mauern doch nicht stark und nicht hoch genug geachtet wurden, um ihnen des Reiches Heiligtümer, die wir mit so großer Mühe errettet hatten, anzuvertrauen.

Von der Herren Markt aus suchten wir ein jeglicher sein Haus, und da fand ich am Paniersberg die ganze Verwandtschaft und Freundschaft versammelt und sie alle im größesten Eifer, das zu vernehmen, was ich ihnen von dem schweren Kriegszuge zu erzählen hatte. Auch die Grossen aus dem Nachbarhause waren zu uns gekommen, und unter ihnen die Mechthild. Da redete ich, als spräche ich für den ganzen weiten Kreis andächtiger Männlein und Weiblein, im letzten Grunde redete ich aber doch nur für die Jungfrau Mechthild, und die hat das auch gar wohl verstanden. Doch das Geheimste, was vor der Krone des großen Kaiser Karls gesprochen worden in der Kreuzkapelle auf dem Karlsteine, das durfte ich ihr in diesem heftigen Gewühl der Neugier nicht bekannt machen; das mußte ich aufsparen auf ein stilles Stündlein, wo niemand aus der Verwandtschaft und Freundschaft uns den Hals über die Schulter reckte. Auch dies Stündlein ist gekommen, und da sind wahrhaftig aus den weißen Rosen auf den Wangen der Jungfrau gar rote geworden; und rote Rosen blieben es um den Schwur, so vor der Krone getan worden war, und rote Rosen blieben es durch Winter, Frühling und Sommer, und war es eine Herrlichkeit Gottes um die Freude und den Stolz der jungen, liebesfrohen Maid. Nun war kein Geheimnis mehr zwischen mir und ihr und konnte auch nicht sein; aber daß wir ein so lieblich Geheimnis gegen die ganze übrige Welt hatten, das band uns mit goldenen Ketten aneinander, und mitten in der grausamen, verwüsteten Welt wußten wir unsere höchsten Kleinodien in Sicherheit.

Wahrlich, das verwegene Wort, das vor dem Sanktuarium des deutschen Volkes auf dem Karlstein der tapfere Ritter Michel mir in das Ohr geflüstert hatte, das gab einen hochedlen, hochherrlichen Widerklang in dem Busen der stillen Jungfrau, in dem Herzen, welches der Ritter Michel seine allerhöchste Krone genannt hatte!

So lebten wir nun wieder als gute Nachbarn zusammen durch den Winter zweiundzwanzig und den Frühling und Sommer des Jahres 1423; und kein Märlein, keine goldene Legende war der Wunder voller als das Reich der Seligkeit, welches sich die Jungfrau in der Stille auferbauete. Sie hatte nicht das geringste Bangen um den Geliebten, sondern ein wunderhold, unerschütterlich Vertrauen auf die Erfüllung jeglicher süßen Hoffnung hielt sie umfangen.

Wie konnte von Gott das getäuscht werden, was im Schimmer der Heiligtümer des deutschen Volkes hochmutig und siegesgewiß gesprochen worden war? Es war ja diese Liebe jetzt wirklich und wahrhaftig mit dem kaiserlichen Mantel bedecket, von der Krone des großen Karls überfunkelt! Es war kein Zweifel für Mechthilde Grossin, daß die Schwerter des heiligen Kaisers und des heiligen Ritters Mauritius ihre Liebe durch alle Fährlichkeiten sicher durchführen mußten und daß das Gelöbnis, so in der hohen Burg im Böhmerlande getan worden war, diese Liebe über Welt und Zeit geheiliget und unversehrlich gemacht habe.

Über Welt und Zeit hinaus! Freilich wurde das nicht getäuscht! Über Welt und Zeit hinaus hat der Schwur in der Kreuzeskirche auf dem Karlstein, der Schwur vor dem Sanktuarium des heiligen Reiches seine Blüte und seine Frucht getragen; aber für diese arme Erde war die Frucht doch in Jammer und Elend verloren. –

Wir haben nachher vernommen, wie des Reiches Kleinodien auf der Blindenburg, fünf Meilen von der Stadt Ofen gelegen, mit großer Herrlichkeit angelanget sind. Herr Eberhard von Windeck hat uns davon geschrieben, wie sie am Mittwochen vor Weihnachten des Jahres 1422 daselbsten köstlich empfangen und eingeführet wurden. Und unser Freund und Bruder, der gute Ritter Michel Groland von Laufenholz, ist dabeigewesen, wie sie zu neuer zweijähriger Rast in der Fremde niedergesetzt worden sind, und wir haben seiner gedacht ohne Sorgen, sowohl in den Stürmen des Winters als beim Aufgange des Schnees, und als es Frühling geworden war.

Es ist aber ein gar holdseliger Frühling im Jahre dreiundzwanzig geworden. Ich saß wiederum über den griechischen Schriften des Meisters Theodoros Antoniades, und weilen ich durch die Zuversicht und das Glück der Jungfrau selber ohne alles Bangen und ganz herzensruhig war, so ist mir die schwere Arbeit des Erlernens der edlen Sprache leichter denn je von Handen gegangen; doch den Anakreon haben wir jetzo nicht mehr gelesen.

Über des Homeros Gedicht und über dem Kampfe um die Stadt Troja habe ich der Hussiten Wüten wiederum mir aus dem Sinne geschlagen; und der alte Lehrer, der noch mehr der Schmerzen und Greuel zu vergessen hatte denn ich, hat mich und meine Gaben ziemlich belobet. Wiederum haben wir im Sommer in der schönen Rosenlaube an der schirmenden Mauer der Stadt Nürnberg unsern Studiertisch gehabt, der Mann von Chios und ich, und jetzo hat sich die Maid, wie in den Kindertagen, nicht mehr gescheuet, zu uns herüberzukommen aus den Blumen, dem Grün, dem Sonnenschein des eigenen Gärtleins, und hat neben uns still gesessen und dem Bericht von den Kämpfen des edlen Hektors, des unverfehrlichen Achilleus, des biedern Ajas gelauschet und hat des ritterlichen Freundes im singenden Herzen gedacht und seiner Heimkunft von der neuen Heerfahrt in Liebe und Treue gewartet.

Die Bäume haben ihre Blüten über unsere Schriften herabgeschüttelt; ich habe das Pergament weggeworfen, um mit der Mechthild einem buntfarbigen Schmetterling nachzujagen, und selbst der Meister, der alte, graue Lehrer, der Verbannte, vom heidnischen Feinde Vertriebene, der Heimatlose, dessen letzte Burg und glorreiche Stadt Konstantinopolis von dem Verderben noch schlimmer und heftiger bedrohet war als unsere Heimat, hat an unserem Mutwillen seine Freude und über unser leicht und glücklich Herz sein Lächeln haben mögen.

Nimmer ist mir jede Blüte so lieb gewesen, jeder Sonnenstrahl im grünen Gezweig so wunderlich hell erschienen als in diesem Sommer. Zwischen Vergessenheit und Hoffnung, durch des Homeros Buch und der Jungfrau Glück ist mir das Leben sanft vorbeigegangen; ich habe ganz und gar die eiserne Zeit um den goldenen Traum aus den Gedanken verloren. –

Tolle! lege! – Tolle! lege!

Ja, nimm und lies! Das Wort habe ich dann vernommen aus dem Blasen des Herbstwindes, und wie dem heiligen Augustinus ist mir die Farbe entwichen, und – »ich habe gesonnen, ob etwan in einem Kinderspiel diese Worte vorkämen, und ich konnte mich nicht entsinnen, sie jemals gehört zu haben; – die Tränen stockten mir, und ich bin aufgestanden und habe es als eine göttliche Stimme gedeutet.«

Im Herbste, im Oktober des Jahres unseres Herrn 1423 ist der Freund und gute Ritter Michel Groland von Laufenholz aus Hungarn heimgekehret nach Nürnberg als ein armer, kranker, verlorener Mann, der sein Schwert nur noch als einen Stab, sich darauf zu stützen, brauchen konnte, und folgendes ist die Art, wie er kam.

Es ist ein trüber Nachmittag gewesen, und ich hab in seltsamer Melancholey am Fenster gesessen, doch nicht in meinem eigenen Stüblein, sondern in dem Saal, so nach der Gassen hinausgehet, und habe still gesessen, unlustig zu jeglichem Werk und Wort. Über die Zacken und Giebel der Dächer hat das schnelle Wehen das graue Gewölk eilfertig hingetrieben, und das Volk ist auch eilfertig gewesen in der Gassen, denn es hat einen jeden gelüstet, zu Hause zu sein; mir aber war es sonderlich angstvoll im Hause.

Die Wände sind auf mich eingerückt, die Decke hat sich gesenket, und der Wind, der die gewirkten Bilder auf den Teppichen an den Wänden bewegte und leise mit den Gewaffen der Vorväter an den Pfeilern klirrte, hat mit den Atem mehr benommen als die Angstbirne, so der Henker den armen Sündern in der Marterkammer in den Mund schiebt. Da ist ein Bote gekommen, ein Bub, im eiligen Lauf von meiner Frau Base Cäcilia, der Stollhoferin, der hat auch mühsam Atem geschöpft und hat in Gottes Namen einen Gruß von der Stollhoferin bestellet und ausgesaget, draußen beim Siechkobel von Sankt Johannes vor dem Neuen Tore sei jemand vorhanden, der verlange, mit mir zu reden. – Die Stollhoferin ist damals gewesen, was man nennet der Sondersiechen Mutter – Mater Leprosorum –, die älteste derer mildtätigen Frauen aus patrizischem Geschlechte, so nach den guten Predigten des seligen Bruders Magister Nikolaus beim Heiligen Geist zuerst den armen Kranken um Gottes willen Handreichung taten, wie ich das auf einem vorigen Blatte schon geschrieben habe. Es hat mich daher diese eilige Entbietung wohl ein wenig gewundert; doch bin ich ihr willigen Gemütes sogleich gefolget und hätte ihr, wie jegliches brave Herz in der Stadt Nürnberg, zu jeglicher Stunde des Tages oder der Nacht Folge geleistet, einerlei, ob mich der Leprosen Mutter vom Hochzeitmahl, vom Taufschmause oder aus der Reihe der Leichengänger zu ihrem höhern Dienst abgerufen hätte.

In dieser trübsinnigen Stunde ist mir die Entbietung der Base sogar als das Zuträglichste erschienen, das mir geschehen konnte; die Bedrückung der Seele schwand vor dem ernsten Ruf; der graue Himmel und der böse Geist hatten keine Macht mehr in meiner Seele. Ich entließ den Boten voraus mit einem Gruß an die Frau Base, nahm eiligst den Mantel über den Scheckenrock und trat hinaus in den dunkeln, herbstlichen Tag.

Der Menschen Getümmel, das mich alsogleich in der Gasse empfing, erlösete mich gänzlich von der Dämonen Angriffen. Aus dem Erker des Nachbar Grossen grüßte Mechthild freundlich lächelnd hernieder; ich mochte mich wohl wundern, daß ich nun ein ganz anderer war als vor einem Stündlein; aber ich tat das nicht, sondern nannte mich kurzweg einen Narren und schritt weiter fürbaß, unter der seit dem Überfall des Leiningers immer noch wüst und verlassen liegenden Burg vorbei, dem Neuen Tore zu.

Es grüßte mich unterwegs mancher gute Freund und hielt mich an mit: »Woher?« und: »Wohin?« Wenn ich gesagt hatte, welches Weges ich gehe, so zuckte man wohl die Schultern und sah nach dem drohenden Gewölk, und der eine und andere lud mich ein für den Abend in diese Trinkstube oder in jene; ich aber, der ich wußte, daß ich heut für den Meister Theodoros doch nicht mehr tauge, nahm die Einladung des ersten guten Gesellen an und versprach mir einen muntern Abend, weit über das Nachtglöcklein hinaus.

So kam ich vor das Tor und gedachte, meine gute Laune trotz allem, was die Base mir auflegen mochte, wohl festzuhalten. Aber der Tag, der mir zu Hause wenig gefallen hatte, der gefiel mir noch weniger draußen vor der Mauer. Da lag das Feld schon kahl, und die Bäume stunden blätterleer, und der Wind, so in den Gassen schon seinen Willen gehabt hatte, den bändigte nun nichts mehr; er tummelte sich und trieb sich um, wie es ihm gelüstete, scheuchte trockenen Staub in heftigen Wirbeln in die Luft und lachte höhnisch den kommenden Abend an. Doch ich nahm den Mantel fester um die Glieder und schritt rüstig weiter, dem Spital von Sankt Johann zu.

Damals stand nur der Siechkobel, Anno 1323 samt dem Kirchlein von den Herren Tezeln errichtet, im freien Felde. Der große Kirchhof Zum Heiligen Grabe war noch nicht vorhanden. Ein jedermann mag heut hinausgehen und nachdenken über den ersten Grabstein, der den heiligen Sebastian an seinen Baumstumpf gebunden vorstellet und mit der Jahreszahl 1427 die Inschrift trägt:

War das nit ein sehnliche und jämmerliche Klag,
Ich starb aus meinem Haus selb dreyzehend auf einen
Tag; –

der große Kirchhof ist wahrlich nicht vergeblich eingerichtet worden seiner Zeit!

Im Jahre dreiundzwanzig stand das Haus mit seinem Kirchlein alleine im Feld, von wenigem Gebüsch umgeben, – ein niedrig, langausgestreckt Gebäude, von dem der Wanderer gern das Gesicht abwendete, wenn er auf der Landstraße daran vorüberzog. Die Stätte war selbst im holden Sommer kein freundlicher Anblick, denn von diesem Orte konnte selbst die lieblichste Blüte des Jahres den großen Schauder nicht tilgen! Heute aber war der Himmel grau, die schwarzen Wolken zogen über das Dach des Siechkobels hin, und die schwarzen Raben flatterten um ihn wie um einen Galgenberg. Eine schlimmere Schädelstätte konnte sich aber auch keine Menschenseele ausdenken.

Es ging auch ein Hag um einen weiten Raum rund um das Haus, und gegen den Heerweg war ein Gatter gemacht. Ein steinern Kreuz war aufgerichtet neben dem Tor, und unter dem Kreuze war eine Bank, auch von Stein.

Als ich näher kam, sah ich zwei Gestalten unter dem Kreuze. Auf der Bank saß ein Mann, angetan mit einem langen braunen Rock wie ein Kappenmönch, der hielt das Haupt tief gesenket und hatte es ganz mit der Kapuze verhüllt. Einige Schritte von ihm ab stand die Stollhoferin, meine Base; die hatte auch das Haupt gesenkt und hielt die Hände zusammengeschlagen, wie in großem Jammer. Und wiederum vier Schritte von den beiden ab, gegen den Weg zu, war ein Schwert in den Boden gestoßen, gleich als eine Abwehr und Warnung gegen das Näherkommen.

Da wußte ich nun schon von weitem, was das alles bedeutete und weshalb und wozu die Base Cäcilia mich aus der Stadt abgerufen hatte. Aber wer der verhüllte Mann war, wußte ich nicht; ich stand still neben dem Schwert und sagte: »Gott grüße Euch, Base, da bin ich zu Eurem Dienst. Um der Barmherzigkeit, wer ist es?«

Ein jäher Schrecken durchschütterte mich, doch ahnete ich noch nicht, was ich erfahren sollte.

»Wer ist es, Base Stollhoferin«,« fragte ich zum zweitenmal. Da erhub die alte Frau laut schluchzend die Hände zum dunkeln Himmel; doch der Mann im Mönchsgewande stützte das mit der Kappen verhüllte Haupt auf die linke Hand und deutete mit der andern auf das im Boden aufrecht stehende Schwert.

Da ging ein neuer Schrecken – ein Schrecken der Schrecken – mir durch Leib und Seele, ich sahe auf die Waffe – und taumelte rückwärts wie unter dem Schlag eines Streithammers. Es verwirrte sich das Bild der Welt vor meinen Augen; ich taumelte auf den Füßen und schrie laut, ja laut, laut auf.

Das war ja das Schwert, das gute Schwert, welches so oft und so lustig das alte Haus am Paniersberge erschüttern machte! Das war ja das Schwert, das neben mir geleuchtet hatte in der Hussitenschlacht, die gute Wehr, die des deutschen Reiches Krone erlösen half aus der Feinde Hand! Das war das Schwert des Freundes, des Bruders!... Der verhüllte, auf der Steinbank zusammengekrümmte Mann im braunen Pilgerrock war der stolze Ritter Michel Groland von Laufenholz – mein Bruder – mehr als mein Bruder! – mein Freund, mein freudiger Mitschüler und Kriegsgesell, der arme Michel Groland!

Ich schwankte auf den Füßen, ich taumelte und fiel. Ich fiel mit der Stirne in den Sand und hörte einen großen Donner im Ohr und ein Klingen, gleich dem Pfeifen der alten Schlange, im Busen. Und als ich mich wieder aufrichtete, da war das fürchterliche Gespenst von der Bank verschwunden und auch das Schwert aus dem Boden; doch die Stollhoferin, der Sondersiechen Mutter, stand noch neben mir, in ihren schwarzen Mantel eingewickelt; ich aber blieb auf den Knieen und faßte ihr Gewand und schrie:

»Mutter, es ist nicht so! Saget, daß es nicht so ist, Mutter!«

Die Base hat die eine Hand aus den Falten ihres Mantels gezogen, als wollte sie meine Hände losmachen; doch dann bedeckte sie nur die Augen und sagte mit tiefem Seufzen: »Es ist so!... Wer will gegen Gottes Willen ankämpfen?«

Nun hob sie mich empor und legte mir den Arm um die Schulter und wendete sich mit mir der Stadt zu. Ich riß mich los und stieß sie unsanft zurück und eilte der Pforte von Sankt Johannis Siechkobel zu; doch sie ereilte mich noch und hielt mich auf und rief:

»Komm, Sohn; ich leide es nicht, und er will es auch nicht leiden! Laß ab; er hat es geschworen: es soll niemand aus der Welt der Lebendigen ihm nahe kommen. Mein Herz blutet wie das deine, mein Sohn; doch er hat recht, wir müssen nach seinem Willen tun.«

Ich rief: »Michel! Michel!«

Es antwortete nur der scharfe, zischende Wind in den dürren Gräsern. Die alte, greise Frau mußte mich, den starken Mann, stützen und leiten wie ein Kind auf dem Wege zur Stadt zurück. Meine Füße waren wie Eisen, doch meine Knie gleich gebrochenem Rohr, und das Chaos war vor meinen Augen.

Wehe, was war aus der Erde geworden? Dort ragten die hundert Zinnen und Zacken, Giebel und Türme der großen, teuern Stadt Nürnberg und darüber zur Linken die Burg, welche der tapfere Ritter Michel auch mit erobern half für das geliebte Gemeinwesen. Nie hatte mein Auge anders als mit Freude und Hoffnung darauf geruht, auf welchem Wege ich der Heimat nahen mochte. Das war jetzt alles nichts mehr; wenn die Flamme mit tausend roten Zungen plötziglich über die Dächer geleckt, die Türme umzingelt und wie beim Weltuntergang in einem Hui das Ganze verschlungen hätte, so würde der Anblick mich nicht mehr vernichtet haben.

Mir grauete vor Nürnberg, wie es war, wie es dalag dunkel unter dem dunkeln Abendhimmel. Um die Burg hatte die Flamme ja schon geleckt; die Burg lag ja bereits dorten, geschwärzt von der Brandfackel, mit geborstenen Dächern, gebrochenen Türmen, niedergeworfenen Mauern! Was kümmerte es mich, daß die Stadt noch aufrecht stand?

Es war alles ein Spott und Hohn. Kein grünes Blatt, keine Blume, kein Lichtstrahl war übriggeblieben für den Trost der Menschheit. Es war zum Lachen, daß wir ausgezogen waren, um eine Krone zu erretten für ein Reich, so nicht mehr vorhanden war. Der griechische Mann von Chios, der kluge Meister Theodoros Antoniades, hatte das Richtige getroffen. Er war aus seiner Heimat geflohen, ehe die letzten Säulen und Pfeiler niederbrachen; und ich fand in dieser schlimmen Stunde nur *ein* Behagen, und das war in dem Gedanken, wie *er* zu tun und wie er fürderhin ohne Heimat, Eigentum, Wunsch und Hoffnung durch die Fremde zu pilgern.

Ich war also erniedriget, daß ich in diesem Augenblick an Mechthild Grossin gar nicht einmal dachte; aber das sollte auch kommen. –

Wir gingen langsam, und die Mater Leprosorum hat immer auf mich eingesprochen, doch ich habe wenig vernommen in dem Taumel; aber das wenige war jedwedes Mal gleich dem Blitz in der Gewitternacht. Der Sondersiechen Mutter hat mir erzählt, wie der Arme sie plötzlich und leise angeredet habe vor dem Siechkobel von Sankt Johann.

In Ofen im Ungarlande ist der Aussatz auf das deutsche Volk, so seine Krone begleitet hat, gefallen. Viele aus dem Zuge sind dorten gestorben, viele dorten geblieben. Manche aus dem Zuge sind auf dem Wege gestorben; nur Michel Groland hat, auf sein ritterlich Schwert gestützt, die Heimat wieder erreicht.

»Niemand kennet ihn bei Sankt Johann«, sagte die Base. »Seine leibliche Mutter würde ihn nicht mehr kennen. Ich habe ihn nicht erkannt, du würdest ihn auch nicht kennen. Gottes Hand greifet gräßlich; der Freund ist untergegangen, er ist lebendig begraben im Elend – heut ist die eitle irdische Lust für ihn verloren; sage du nun, mein Sohn, was wir tun sollen! Sein Wille ist, verschollen zu bleiben; – willst du dich seinem Willen fügen? Willst du die Last des Stillschweigens auf dich nehmen der Jungfrau am Paniersberge gegenüber?«

Mechthilde! Mechthilde! Da war das Wort, das mich noch um so vieles tiefer in den Abgrund stürzte und doch – doch allein mich wieder in die Höhe hinaufreißen konnte! Um diesen Namen habe ich zuerst wieder angefangen mich zu besinnen.

Ich fragte der Stollhoferin entgegen: »Ihr habet ihn nicht erkannt, Base Cäcilia, aber Ihr habet ihn gesehen. Ihr seid der Sondersiechen Mutter, bei Euch stehet die Antwort. Ist eine Hoffnung, daß er genese? Ist eine Hoffnung, daß wir ihn wiederhaben werden, wenn wir warten – ein Jahr – zwei Jahre – zehn Jahre?«

Die Stollhoferin senkte das Haupt tief er und bedachte sich lange. Wir standen auf der Brücke am Neuen Tor, und die Wächter hatten schon die Köpfe entblößt vor der Mater Leprosorum. Die Stollhoferin neigete sich zu mir und sprach: »Der Wille Gottes geschiehet, und er ist voll Güte, wie er der Schrecken voll ist: ich rede nicht zu der Grossin von der Heimkehr des Verlobten.«

Da gedachte ich an die Nacht, die schlaflose Nacht, so dem heutigen Schreckenstage jetzo folgte, und ich wog meine Kräfte, das Geschick des Freundes und der Freundin in Verschwiegenheit durch die Jahre zu tragen.

»Er träget es!« sprach die Stollhoferin, als ob sie meines Herzens innerste Gedanken wie von einer Tafel abläse. »Er träget es. Er ist ein rechter Ritter, hat geworben um die Krone und wird die Krone erlangen!«

Ja, ich habe es auch getragen. – –

Die Sommerlüfte sind noch immer voll der Klagen, die von Sankt Sebalds Kirchhofe herüberschwirren. Wie aber würden diese selben Lüfte erzittern, wenn der wilde, feurige Franziskaner dorten so eindringlich redete wie der Tropfen schwarzer Dinte, so mir hier aus der Feder auf das weiße Blatt fließt! Auf diesem Gange aus meinem Stüblein bis zum Spital von Sankt Johann und zurück hatte sich mein Leben geändert; es war nichts überblieben von dem Menschen, der vor zwei Stunden ausgegangen. Jedwedes Ding sah mich fremde an, und als ich in der Nacht auf meinem Bette ausgestreckt lag, da war die Finsternis gleich einem steinernen Grabesdeckel über einem Grabgewölbe. Ich lag die Nacht durch wach, aber ich konnte mich nicht regen. Im Siechkobel von Sankt Johann lag der Freund und Bruder ja auch wach unter dem verlorenen Volke und wartete, wie ich, im Elend auf den neuen Morgen!

Und die Dämmerung kam, es ward Tag, und ich begriff nicht, daß die Menschen ihr Tagewerk wieder aufnahmen. Es war mir ein Wunder, daß die Leute in der Paniersgasse nicht stehenblieben und auf mein Haus schmerzensvoll mit den Fingern deuteten. Ich meinte, mein ärgster Feind hätte das tun müssen.

Daß die Menschen ihre harte Arbeit um das Leben wieder anfingen, das begriff ich erst, als ich des Freundes arme Braut aus der engen Tür ihres Hauses in den Garten treten und sie ruhiglich unter den herbstlichen Bäumen, im gefallenen Laub durch die braunen Büsche wandeln sah. Es kam der griechische Meister Theodoros, der sah zuerst, daß ich krank war, und forschete voll Sorgen und Bekümmernis. Kopfschüttelnd nahm er Urlaub. Nun kam ein Bote von den beiden Herren Konrad und Peter den Mendeln mit einem Schreiben; das verlangte von mir einen rechtlichen Beistand und einen Rat wegen der Stiftung der Herren für die Seelnonnen, und das war gut; denn damit faßte auch mich der ewige Wirbel des Tages wieder und ließ mich nicht frei, wie sich der grimme Schmerz auch dagegen sträuben mochte. Andere Leute, deren nichtige Nöten und Zwiste ich vor den Gerichten der Stadt zu vergleichen und auszutragen hatte, kamen und gingen, und allen hatte ich Red und Antwort zu stehen bis wiederum zum Abend, bis in die zweite Nacht tief hinein. Das war sehr gut; aber vor den Schrecken der Finsternis rettete es mich nicht.

Am zweiten Tage nach der Begegnung unter dem Steinkreuz an der Pforte von Sankt Johannis bin ich zum erstenmal der Jungfrau im Nachbarhause unter die Augen getreten, und ich nahm es für ein Glück, daß der Meister Theodoros Antoniades schon vor mir dorten gewesen war und ängstlich davon gesprochen hatte, wie mich eine schwere Krankheit bedrohen müsse. Zärtlich hat die Jungfrau Mechthild um mich gesorget, und ich hab mit blutendem Herzen lachen müssen, und mit leichter Rede habe ich ihr entgegnet, daß kein leiblich Gebresten mich drücke, daß keine verborgene Liebesqual und keine schnöde Abweisung mir so schnell die Wangen gebleicht und die Stirn gefurcht habe.

Das war die Zeit der Umkehr! Das waren die Tage, so die Knochen morsch und mürbe und das Blut in den Adern erstarren machten! Ruhelos bin ich bei Tage und bei Nacht im Felde gewandelt und hab im Hin- und Widerlauf zähneknirschend mit dem greulichen Gespenst gestritten. Nimmer ist der Schatten des Verhüllten von meiner Seite gewichen.

»Er tötet sich, wenn du zu ihm eindringst in seiner Verlorenheit. Er hat es geschworen!« sagte die Stollhoferin. »Er ist ein rechter

Ritter; er will sein Schicksal allein tragen. Du sollst fröhlich sein, läßt er dir sagen, mein Sohn. Du sollst denken, er sei gefallen in der Schlacht oder gestorben bei den Ungarn. Du sollst im Kreise deiner Genossen freundlich seiner gedenken und dich nicht härmen.«

»Und Mechthilde?« fragte ich dagegen. Und die Base Cäcilia hat mir abgewinket und ist schweigend von dannen gegangen. –

Die Freundschaft und Verwandtschaft hat sich damals mehr um mich bemühet als sonsten in Jahren; doch den härtesten Streit hab ich allerwegen bestehen müssen gegen die liebliche Sorge der Jungfrau. Es kam der November und mit ihm der Winterschnee. Da tanzte und schmauste man viel und hoch in Nürnberg, und sie zogen auch mich hervor aus jeglichem Versteck, und sie zerrten mich mit Gewalt und Drohen auf die Feste, um mir die Grillen zu vertreiben und das schwere Blut wieder gesund und leicht zu machen. Ach, sie ahnten ja nicht, was ich sah in ihren Festsälen und wovon ich nicht reden durfte! Das Schwert Michel Grolands, das Schwert des Freundes und Bruders stand überall in den Boden gestoßen vor mir – stand abwehrend vor jeder Freude und jeglichem Genügen. Wie konnte ich dem schönen, lächelnden Mädchen, das mir so freundlich die Hand zum Tanze bot, die eigene Hand reichen? Das Schwert stand mir überall im Wege, nicht nur im Festsaale, sondern ebenso in der Kirche, in der Gerichtsstube, in meinem eigenen stillen Gemache. Ich kam nicht darüber hinaus – es stand da und wehrte, und die Lust des Lebens fiel von mir ab; – es war keine Rettung vor diesem Schwerte, das einst der liebe Freund so froh und mutig geführet hatte! –

Die Braut des Lebendigtoten ist währenddem durch den November und Dezember des unseligen Jahres in ihrem süßen Vertrauen auf Gottes Güte fürder gewandelt. Auch sie hat nach alter Weise die Tänze und Feste der Jugend nicht verabsäumen dürfen; auch sie, die mit ihrer lieblichen Hoffnung viel lieber in der Stille und Einsamkeit ihres Stübleins geblieben wäre, hat mit den andern hinaus müssen, und so sind wir uns überall begegnet, und ihr schönes Vertrauen und Zutrauen hat die schaurige Last auf meiner Seele schwerer gemacht von Tag zu Tage. Als sie mir dann plötziglich abfiel, da war's mir, als wenn einem Wunden der Armbrustbolzen aus der Seite gezogen wird und in der roten Flut nachstürzenden

Blutes das trümmer- und leichenvolle Schlachtfeld ringsum versinkt, alles untergeht, die ganze Welt vor den Augen verschwindet.

Gegen die heilige Weihnacht zu ist an einem Abend die Jungfrau strahlend in aller Fülle ihres Glückes heimgekommen aus Herrn Sigmundi Stromers Hause, allwo Jungfrau Barbara Stromerin den andern Spielgenossinnen eine Fröhlichkeit zubereitet hatte. Atemlos und geheimnisvoll hat mich noch an dem nämlichen Abend eine Magd aus der Grossen Hause zu ihrer jungen Herrin entboten. Mit dem Finger auf dem Munde, zwischen Lachen und Weinen hat Mechthildis dann mir zugeflüstert: eine große, teure Neuigkeit sei in Herrn Stromers Hause unter den Mägdelein von Ohr zu Ohr gegangen. Es sei noch ein Geheimnis, aber doch eine Wahrheit: des Heiligen Römischen Reiches Krone, das Schwert und der Mantel Caroli Magni komme zurück nach Nürnberg; alle höchsten Heiligtümer kämen zurück nach Nürnberg in das alte Recht – es sei kein Zweifel daran; der Kaiser wolle es, und der Rat wisse es, und Barbara Stromerin habe es auch schon gewußt, und wegen des guten Ritters Michel Groland sei das große, hochherrliche Geheimnis unter den jungen Dirnen in des Herrn Bürgermeisters Hause, doch ohne sein Wissen, umgegeben.

»Der Sommer ist zurückgekehrt, mein Freund!« hat die Grossin gerufen. »Gesegnet sei der Kaiser, daß er die Krone uns wiedergibt in treue Hut! Sie haben mich alle geküßt, die Gespielinnen, und wir haben uns mehr gefreuet als die Bürgermeister und die Dreimänner, wir Mägdlein; – nun freue du dich auch, mein treuer Freund, und schüttele ab den Gram, der dich drückt und von dem ich dich mit meinem Herzblut erlösen möchte. O du, weshalb willst du nicht mit deinem Bruder und mir glücklich sein, da nun die alte Zeit wiederkehrt und ein neues, doppeltes Glück?!« –

Sie haben wirklich von der Reichsheiligtümer Rückkehr zuerst gewußt in Nürnberg – die Spielgenossinnen der Jungfrau Barbara – sie und die Bürgermeister und Collegium Triumvirorum, die drei obersten Hauptleute, so die Schlüssel zu den Heiligtümern früher und die Schlüssel der Stadttore und der Stadt Paniere immerdar in Verwahrung gehabt haben.

Als ein groß Mysterium brachte es die Jungfrau aus dem Spinnkränzelein der Stromerin heim und hat es mir also auf die Seele gebunden, obgleich es natürlich zum Feste schon durch die ganze Stadt lief und hellesten Jubel in jeglichem Gemüte aufregte.

Da war es denn! Was ich nach dem Willen des unglücklichen Freundes und der Mater Leprosorum allein getragen hatte, solange es sich im geheimen verbergen ließ, das mußte nun hervorbrechen, und keine Dämme ließen sich dagegen aufwerfen. Die große Herrlichkeit, die meiner Vaterstadt beschieden war, setzte unserem Unglück nur den letzten Dornenkranz auf, und an demselben Abend noch, an welchem die Jungfrau aus Herrn Sigmundi Stromers Hause so selig heimgekehret war, hab ich dem Meister Theodoros Antoniades meine Angst und mein Leid kundgemacht. Unter all den Hunderten, so ich kannte und mit denen ich umging, war er der einzige, welchem ich meiner Seele Jammer offenbaren mochte und konnte.

In Stillschweigen und finsterem Ernst hat mich der heimatlose griechische Mann angehöret; dann hat er gesprochen: »Auf Chios, unter dem Brandschutt meiner Vaterstadt und meines Hauses ließ ich die Leichen meines Weibes und der blühenden Söhne und Töchter. Mein Vaterland geht unter, ist untergegangen; – auf müden Fittichen umkreist des oströmischen Reiches Adler die alten Mauern der hohen Imperatoren; es ist keine Rettung mehr für Konstantinopolis, die große Stadt. Ich trage eine tote Sprache unter fremden Völkern um, und wenn die Fremden ihrer Schöne sich freuen, so wird mein Leid nur größer dadurch. Ich trage auch mein Leid in Schweigen, mein Sohn, und warte, was Gott tun wird. Die Welt neiget sich zum Abend nicht nur für der Byzantiner uralte Macht und Prächtigkeit; – wer will noch viel sorgen für das Stündlein, das eben vorhanden ist? Die jüngste Jugend ist alt; – was läßt sie sich viel bange machen? Wer will sich wehren gegen den Jüngsten Tag?

Ich gedenke jenes Tages, an welchem die schöne Maid zu uns trat und euch junge Gesellen hinaustrieb in den Kampf, in den vergeblichen Streit: wenn du willst, mein Sohn, so will ich der Jungfrau verkündigen, was das Schicksal ihr bereitet hat.«

Ich habe den griechischen Mann zu der Base Cäcilia, der Stollhoferin, geführt, zu der Sondersiechen Mutter, und am folgenden Morgen sind wir alle drei zu der Verlobten Michel Grolands gegangen, haben ihr das Buch des Todes aufgeschlagen und auf die Stelle gedeutet, die ihr Geschick in flammenden Schriftzügen wies. – –

Es klingt mir wie ein Klang der Zinken und Posaunen im Ohr; aber der kommt nicht herüber mit dem Volksgeschrei von Sankt Sebaldi Kirchhofe. Horch, die Glocken von neuem – Benedikta voran! Ja, nun hat der Prediger Johannes das Seinige gesagt; mit Psalmen und Litaneien zieht das Volk von Nürnberg durch die Gassen, in den dunkelsten Winkeln seiner Häuser heute Asche auf die Häupter zu streuen und morgen das alte Leben von neuem zu beginnen. Der Schall der Zinken und Posaunen, der durch die Historie meines Lebens gehet, der klinget herüber vom Mittwochen nach unserer lieben Frauen Verkündigung in den Fasten des Jahres 1424, an welchem Tage die Krone des Reiches der Deutschen zurücke kam nach Nürnberg.

Wirklich waren vom Rate der Stadt die Herren Sigmund Stromer und Sebald Pfinzing nach Ofen zum König Sigismund gesendet worden, und in aller Stille und Heimlichkeit hatte der Römische König ihnen die Heiligtümer überantwortet – in solcher Heimlichkeit, daß nicht mehr denn sechs Personen darum wußten. Und am achten Tage nach Lichtmessen haben die beiden Herren die großen Kleinodien nach Nürnberg abgeführt auf einem Wagen, dessen Fuhrleut vermeineten, daß sie eine Last der Fische, so man Hausen nennet, führten. Erst eine Meile vor Nürnberg haben diese Fuhrleut erfahren, welcher Ehr und Herrlichkeit sie gewürdiget gewesen seien, und haben sich im freudigen Schrecken von den Rossen in den Staub des Weges niedergestürzt und haben auf den Knieen das Heiligtum verehret.

Glocken und Gesang des Volkes! Zinken und Trompeten! Wir sind alle hinausgezogen auf das Gerücht von dem Nahen der Abgesandten und des Schatzes, den sie mit sich brachten. Zu Tausenden und Zehntausenden – Männer und Frauen, Greise und Kinder, sind wir der Krone entgegengezogen: ein größerer Tag ist seit Menschengedenken nicht in den Chroniken der Stadt verzeichnet worden. Vor allen andern aber sind die Beladenen gekommen, so jedes Jahr in festo armorum Christi, solange die Kleinodien in der Stadt Hut gewesen sind, ihr Leid vor den Waffen des Herrn niedergelegt und um Erlösung gebeten haben. Alle Kranken, die gehen konnten, knieeten mit den übrigen am Wege, und alle die, so im Herzen bedrängst waren, haben sich niedergeworfen bei denen, deren Leib nur geängstet war. Da hat kein Unterschied unter den Leuten gegolten, kein Stand hat dem andern sich vordrängen dürfen; vor des heiligen deutschen Volkes Krone, Zepter, Schwert und Apfel, vor dem heiligen Eisen des Speeres, der Christi Brust eröffnete, vor den fünf Dörnern aus seiner Dornenkrone sind alle gleich gewesen, alle Brüder und Schwestern im Erdenjammer. Mit den Jungfrauen ist die traurigste unter den Jungfrauen, ist die Grossin zur Kirche vom Heiligen Geist gegangen, allwo inmitten der Stiftung ihres Ahnherrn Konrad Grossen, in des Leprosen Garten, die Reichskleinodien vordem ihre Wohnung hatten und nunmehr von neuem niedergesetzt werden sollten.

Es ist wohl ein Jahrhundert her, da schlief einer – ein reicher Mann, ein armer Mann, der Sondersiechen einer, Konradus aus dem Geschlechte der Hainzen, auf der Stelle, wo heute des deutschen Volkes Reichsheiligtümer in Sicherheit geborgen ruhen. Er schlief in seinem Garten unter einem Lindenbaum, und im Schlafe kam ihm ein Traum von einem großen Schatze, so in diesem, seiner Väter Erbe, in der Erde liege. Und der Ort des Schatzes wurde ihm auch gezeiget, und der Leprose ging im Traum und folgte einem lichten Führer; aber die Stelle zu zeichnen, die ihm angedeutet war, griff er eine Handvoll Blätter von der Linde und legte sie auf den Ort; dann erwachte er und besann sich. Als er aber zweifelnd im Garten umherwandelte und nicht wußte, ob er dem Gesicht glauben sollte, da fand er das Häuflein Lindenblätter und mit dem den Glauben an die Wahrheit seines Traumes wieder. So sind die Seinigen zu ihm gekommen, haben mit Staunen die wundersame Mär von ihm vernommen und mit ihm angefangen, in die Erde zu graben. Er aber, der sondersieche Mann, hat alles, was man finden würde, zur Ehre Gottes den Armen und den Kranken versprochen, und siehe, es ist wahrlich ein großer Schatz gehoben worden in dem Garten der Hainzen an der Pegnitz, und der Herr Konradus hat sein Gelübde gehalten. Das Spital und die Kirche Zum Heiligen Geist sind von den gefundenen Reichtümern gegründet und erbauet worden, und ruhet also jetzo des deutschen Reiches Krone auf der Stelle, so des Leprosen Hand und Wille dem Baumeister und den Steinmetzen zu ihrem Werke anwies. Den aussätzigen Mann aber hat man, wie ich schon bemeldet habe, fürderhin Konrad den Grossen genannt, und zum ewigen Gedächtnis hat ihm und seinen Nachkommen der Kaiser Ludwig der Baier die vierundzwanzig Lindenblätter zusamt dem Berglein, auf welches er sie im Traume trug, in das Wappen gegeben.

Während nun Mechthild Grossin mit den andern Jungfrauen zum Portal vom Heiligen Geist gegangen ist, die Krone zu erwarten, bin ich mit den Genossen und dem Volke ihr vor das Tor hinaus entgegengezogen. Eine halbe Meile von der Stadt sind wir des Wagens und seines Geleites ansichtig worden.

Da gingen die Rosse stattlich in ihren Geschirren und neigeten die Köpfe, als wüßten auch sie nun, was sie führeten. Und die Herren Sigismundus Stromer und Sebaldus Pfinzing zogen barhaupt zur Rechten und zur Linken des Wagens. Im Schweigen ritt das gewappnete Gefolge, und in der Menge, die aus der Stadt kam, wurde es auch still. Es schwieg der Lobgesang des Volkes, und nur die Glocken aller Türme von Nürnberg vernahm man noch aus der Ferne. Die zu Pferde waren, die stiegen ab und knieeten am Wege, die Zügel in der Hand. Es knieete jedermann, und langsam sahen wir den Wagen, der so große Herrlichkeit trug und von der Blindenburg im Ungarlande ausgefahren war, an uns vorüberziehen. Und als er vorüber war, da hat sich ein jeglicher wieder erhoben von den Knieen, und ein jeglicher ist im Zuge gefolget, und von neuem hat alles Volk den Lobgesang angestimmt. Von der Stadt her sind aber alle Glocken immer heller und freudiger erdröhnet, und von den Wällen und Türmen haben auch Tausende gejauchzt; – da hat man einmal recht gesehen, ein wie groß, gewaltig Volksspiel das alte Nürnberg in seinen edlen Mauern hausete! Es ist ein Gedränge gewesen vom Tore durch alle Gassen und über die Märkte wie ein brandend Meer; doch ist in dem heftigsten Gedränge an diesem Tage kein bös Wort, kein Schlag gefallen; es ist kein Messer oder

Schwert in der Scheide gelockert worden. Ein jeglicher hat es wie eine eiserne Hand auf seinem Herzen gespüret, und die Wildesten haben sich geduldig in die Ecken und Winkel drücken lassen.

So zogen wir ein mit der Krone, so zogen wir durch die Gassen bis auf den Platz vor der Kirche Zum Heiligen Geist. Wie mir zumute gewesen ist in dem großen Gewoge, das mich willenlos hob und schob, das kann ich nicht mit Worten sagen. Es war eine tränenvolle und doch süße Entrückung; – meine Seele war gefangen in allem Erdenleid, und doch schwebete sie hoch darüber, und es war ein Fühlen in mir von einer herrlichen Begnadigung, der ich zugerissen wurde; – so kamen wir auf den Kirchplatz Zum Heiligen Geiste, allwo mit den edlen Jungfrauen, dem Rat und der Pfaffheit die Unglücklichsten des Volkes auf der Kleinodien Nahen warteten.

Ja, da ist keine Schranke aufgerichtet gewesen. Alle Kranken und Elenden, so kommen wollten, durften kommen. Und sie waren vorhanden, die Unseligen von Sankt Johann, die Heimatlosen von Sankta Martha, die Armen aus allen Stiftungen. Sie alle sind zugelassen, den Schrein des Heiligtumes mit den Händen zu berühren und um Hülfe zu flehen; denn es ist kein Sanktuarium so gnadenbringend gehalten als dieses, welches des deutschen Volkes Krone und die Waffen Christi barg!

Tolle! lege! Die eiserne Hand, die ein jeder auf seinem Herzen fühlte, die ward auf dem meinigen plötzlich wie glühend und dann wie Eis: mit vorgestreckten Armen bereitete der Sondersiechen Mutter einem verhüllten Manne einen Weg durch das Gedränge, und auf den Stufen der Kirche hab ich einen kurzen Augenblick den Meister Theodoros neben einem bleichen Mädchengesicht erschauet. Mit pochendem Herzen schreibe ich nieder, was geschah.

Wie eine Mauer trennte mich das Volk von den Geliebten, doch wie eine Mauer hielt mich auch das Volk aufrecht. Ich sah den Meister Theodoros, den Verhüllten und die Base Cäcilia nicht mehr; aber über die Häupter der Menge sah ich noch die schöne weiße Jungfrau auf den Treppenstufen, wie sie im letzten Strahl der Abendsonne inmitten ihrer Verwandtschaft stand und niederblickte auf den Wagen mit dem heiligen Schrein und das schlimme, schauerliche Gewühl der Kranken und Verlorenen. Da ist mir eine Erinnerung gekommen von jener Stunde, als in der Kreuzkirche auf dem Karlsteine der gute Ritter Michel Groland vor des Reiches Krone neben mir kniete und den Schwur tat, nun zu werben um des Reiches andere Krone, das beste Weib der besten Stadt des Reiches. Und mit dem ist ein Ruf des Staunens und ein Zurückweichen der Menge eingefallen, und im Lichte des Abends hab ich über den Häuptern des Volkes die Mechthild lächeln sehen und ein Winken nach der Tiefe tun! Der letzte Schrecken ging an mir vorüber; ich sahe die Maid niedersteigen und verschwinden aus dem roten Lichte, so das Portal der Kirche Zum Heiligen Geist färbte; aber ein urplötzlich Getöse hat das Volk mächtig beweget. Unter dem Portal haben die andern Jungfrauen die Arme erhoben und laut gerufen; die Herren vom Rat sind auch vorgeeilt und herabgestiegen; mich aber hat es vorangerissen durch die wogende Flut der Menschen, und ein Arm hat mich noch im rechten Augenblick erfaßt und unter den Hufen der Rosse, so des Reiches Heiligtümer herbeigeführt hatten, vorgezogen. Die Rosse stiegen auf und schlugen aus; doch der Meister Theodoros Antoniades hat mich errettet vor ihren Hufen und den Füßen des Volkes. Und siehe – und ich sahe vor dem Schreine, der des deutschen Volkes höchste Heiligtümer barg, daß die Liebe wahrlich den Tod überwindet, ja Schlimmeres als den Tod zu einem Lachen macht!

Vergebens hat der Freund und Bruder in das grausige Gewimmel seiner Leidgenossen zurückweichen wollen: das Schwert, so am Kreuze Sankt Johannis zwischen ihm und der Welt im Boden stand, das hatte hier keine Macht der Abwehr. Vergebens hat sich mit hellem Schreckensruf die greise Mutter der Leprosen dem schönen Mädchen in den Weg geworfen und es mit ausgebreiteten Armen zurückdrängen wollen. Vergebens sind die Verwandten, die Eltern und die Brüder herzugeeilt – niemand hat die Jungfrau halten dürfen; ruhigen Schrittes ist sie vorgetreten und hat dem Verlorenen beide Arme um die Schultern gelegt und ihre schöne bleiche Wange an die härene Kutte auf seiner Brust. Da ist ein Zurückdrängen der Gesunden gewesen, aber ein Zudringen der Kranken von Sankt Johannis Siechkobel, und ist eine tiefe Stille worden.

»Michel«, hat die Jungfrau gesprochen, »Michel, siehe, du hast dich vor mir verborgen, aber hier auf meiner Ahnherrn geheiligtem Boden hab ich dich mir wiedergewonnen. Siehe, ich wußte, daß diese Stunde kommen werde, wo jegliche Macht nichtig sein würde gegen mich. Wie hätte ich sonsten das Leben getragen? Willst du dein Wort nun nicht halten, mein Freund? Das Wort, was du gesprochen hast vor der Krone des Reiches? Heute vor der Krone des Reiches mahne ich dich daran, du Lieber. Die Erde ist für uns beide untergegangen; aber wir beide – du und ich, sind doch gerettet. Du stößest mich nicht von dir! Du verbirgst dich nicht mehr vor deiner Braut, vor deinem Weibe!«

Sanft und doch fast wild und mit großer Gewalt hat sie ihm die Mönchskappe von der Stirn zurückgeworfen, und zum erstenmal, seit wir auf dem Karlsteine Abschied voneinander nahmen, hab ich des Freundes geliebtes Antlitz wieder erschauet. Die Geißel, mit der Gott die Völker straft, hatte den stolzen Ritter schlimm getroffen, das schöne Haupt furchtbarlich versehrt. Die Lepra, die ihm die starken Arme und Füße und das tapfere, treue Herz verzehrte, die hatte ihn im Gesicht uralt und hager gemacht und alles Feuer aus den Augen weggefressen. Und die vordem so festen Füße trugen den armen Kranken nicht länger in dem Jammer und dem unsäglichen Glück; er sank hinab an der lichten Gestalt der Verlobten, und sie beugte sich zu ihm nieder wie zu einem Kinde.

Und weil sie nun alle in Nürnberg Bescheid wußten um die Liebe und das grausame Schicksal des Grolanders und der Grossin, so ist nun ein Geschrei aufgestiegen – ein Schreien sondergleichen. Plötziglich haben alle Kranken angestimmt: »Herr, erbarme dich unser!« Doch aus der Kirche vom Heiligen Geiste her hat man in dem nämlichen Augenblick angefangen zu singen: »Gloria in excelsis Deo!« Die Türen sind aufgeworfen, und vom Hochaltar herüber haben die Lichter und Kerzen in den Abend hinein geflimmert. Von allen Seiten ist des Volkes Flut angeschwollen, und ein Wogen ist worden um den Schrein mit des Reiches Kleinodien. Aus allen Gassen ist ein Hindrängen zum Portal des Heiligen Geistes gewesen, als das Heiligtum hoch auf den Schultern der Auserwählten die Treppenstufen hinaufgetragen wurde. Da ist niemand mehr seiner mächtig gewesen im Gewühl; die Stollhoferin hab ich vom Boden aufgezogen, und der griechische Meister Theodoros und ich haben sie mit unsern Leibern geschützet. Die schöne Mechthild aber ist in der Sondersiechen Haufen hineingezogen worden und nicht mehr gesehen, als des Reiches Krone am Altar niedergesetzet war und man nach ihr suchen konnte, da des Volkes Stürmen und Drängen sich gesänftiget hatte. –

Wie suchte man nach ihr in den Gassen von Nürnberg! Mit gezogenen Schwertern haben die Gevettern und Freunde der fürnehmen Grossen-Familie an den Toren gewartet; aber in schwarzen Haufen, Hunderte mit Hunderten, sind die Sondersiechen an Unserer Lieben Frauen vorüber, über der Herren Markt, vorbei am Rathaus und über den Weinmarkt dem Neuen Tor wiederum zugezogen durch die Nacht. Den Ritter Groland von Laufenholz und die holdselige Mechthildis hat niemand an diesem Abend oder in dieser Nacht in den grausigen Zügen erblickt.

Am Neuen Tore habe ich geredet zu den Vettern und Freunden. Wahrlich, der Bruder Johannes Kapistranus hat heute auf seinem Predigtstuhl nicht mehr seines Herzblutes in seinen Worten vergossen als ich in jener Nacht. Mit Weinen und Zähneknirschen sind die edlen Herren zurückgewichen, und edle Frauen und Jungfrauen aus der Verwandtschaft haben mir dazu geholfen, daß keine wilde Tat im Wahnsinn und in der Ratlosigkeit und Trauer getan worden ist.

Als alles still geworden war, bin ich allein dem Wege der Leprosen gefolgt vor die Stadt hinaus bis zu dem Spital von Sankt Johann. Es war schon Nacht, aber doch noch ein Schein im Dunkel; und als ich dem steinernen Kreuz, bei dem vor einem Jahr das Schwert im Boden stand, nahe kam, hat wiederum eine dunkle Gestalt auf der Bank gesessen.

Schaudernd habe ich gezögert und von ferne den Schatten angerufen.

Da antwortet mir durch die Finsternis eine Stimme: »Μακάριοι οι πενθοῦντες, ὅτι αυτοὶ παρακληθῆσονται!« Selig sind die da Leid tragen, denn sie sollen getröstet werden. –

Es war der alte treue Lehrer, der heimatlose griechische Mann von der Insel Chios, der die Worte aus unseres Herrn Jesu Christi Bergpredigt zu mir sprach, und ich trat in Schweigen zu ihm heran, und er faßte meine Hand, sprach fürder auch nichts mehr, sondern zog mich zu sich herab auf die Steinbank und deutete nach dem Lichtschein aus den Fenstern von Sankt Johann hinüber.

Dorten summete es, und war ein Gewühl in dem Hause und um das Haus, schauerlich zu hören und noch schlimmer zu ahnen in der Nacht. Wir aber saßen bis über die kalte, dunkle Mitternacht hinaus und hörten den Gesang der Verlorenen und hörten die Klagetöne verhallen gegen das Grauen des Morgens zu; – wir saßen gefühllos gegen die Nacht, den Frost und den scharfen Wind; – wir saßen schweigend, der byzantinische hohe Meister und ich, der Alte und der Junge, und es war kein Unterschied zwischen unsern Seelen.

Das war die Nacht, in der sich mein Leben wendete. Durch den Klagegesang von Sankt Johann habe ich die süße, kindliche Stimme gehört, wie Sanctus Aurelius Augustinus sie auch vernommen hat. Von den frühesten Zeiten an bis in die gegenwärtige schaurige Stunde ist alles, was ich erfahren hatte, solange ich atmete, an mir vorbeigezogen, und siehe, aus dem großen Leid ist die große Ruhe erwachsen. Ja, ich bin ein Mann und bin ruhig geworden; die Buße, so der Bruder Kapistranus heute von dem Volke von Nürnberg verlangt hat, ist eine andere als die, so mir durch die Gnade Gottes auferlegt worden ist in den Tagen meiner Jugend, da wir um des Reiches Krone kämpften und da des Reiches Krone zu uns zurücke kam. Geduldig hab ich fortan in der Erde wilden Schlachtenlärm hineingesehen, geduldig in der Natur Spiel und Wandel. Ich hab mich nimmermehr gegrämet, wenn die Blätter im Herbste falb geworden sind; wenig aber hab ich mich auch gefreuet, wenn ein neuer Lenz ein neues, grünes Gras, die Welt zu schmücken, hervorgelocket hat. Ich habe die Angst von mir abgetan und bin fürderhin unentwegt geblieben in der Zeiten Drangsalen.

Der Zeiten Drangsale waren freilich entsetzlich. Noch einmal zog ich aus wider die Hussiten und sahe abermals bei Außig das deutsche Volk zu Boden liegen. Aus dieser schlimmen Schlacht bin auch ich wund heimgekommen und hab den Freund und guten Ritter Michel Groland von Laufenholz nicht mehr in der Erdennot funden. Der Braut bin ich begegnet in den Gassen, die ging aufrecht in der Seelnonnen Gewand, stützete die greise Stollhoferin, der Sondersiechen Mutter, und grüßte still herüber. Die Narren bekreuzigten sich ihres Geschickes halben; doch die Zeit war schon vorhanden, da die Weisen auch sie um ihres Herzens Frieden beneiden mußten. Die Grossin hat noch ein gar schönes Leben gehabt. Mater Leprosorum! Sie hat den Namen wie einen Kranz mitten im Elend von Sankt Johann vom Boden aufgehoben und hat ihn wie eine Krone getragen bis an ihren Tod, und es sind viele gewesen, die haben sie selber des Reiches Krone genannt, doch zu ihren Ohren ist das Wort wohl nicht gekommen, es hätte auch keinen Sinn für ihr schönes Herz gehabt.

Viel Herrlichkeit hab ich noch gesehen: – den Reichtum und der Völker Gewirr zu Venedig, der Römer uralte Arbeit und Neapels Sonnenschein und blaues Meer. Mit offenen Augen hab ich alles wahrgenommen und mit Wissen und Willen nichts dessen verabsäumet, was meine Wege durch den Tag mir anboten. Ich habe geredet vor Fürsten und vor hohen Senaten stolzer Republiken; nicht ungesegnet sind auch zu Hause meine Mühen für der edlen Vaterstadt Nutzen und Heil gewesen. Jetzo lieget auch das hinter mir – wahrlich, es ist Abend worden!

Im Mai dieses Jahres 1453 ist Konstantinopolis in des heidnischen Feindes Hand gefallen; der Diana Halbmond, das Wappen von Byzanz, stehet auf der Türken Feldzeichen dem Kreuz der Christenheit entgegen. Doch die Bücher und Rollen, von der Mönche und Schreiber Hand mühesam geschrieben, die edlen Manuscripta, so uns der gute Freund Michel Groland, da wir noch jung waren, mit dem Ellenbogen in der Laube vom Tische schob, die werden nun der Menschheit durch die rechte schwarze Kunst in die Hände gegeben: – tolle! lege! –

Es ist dem Meister Theodoros Antoniades ersparet blieben, des oströmischen Reiches vollen Untergang zu erleben; doch das erste mit Lettern gedruckte Buch hat er noch mit Augen gesehen und weise Worte darob gesprochen.

Des deutschen Reiches Krone lieget noch in Nürnberg – wer wird sie wieder zu Ehren bringen in der Welt?

## Eigene Buchreihe oder eigenen Verlag gründen

Seit 2009 bietet tredition sein Verlagskonzept auch als sogenanntes "White-Label" an. Das bedeutet, dass andere Unternehmen, Institutionen und Personen risikofrei und unkompliziert selbst zum Herausgeber von Büchern und Buchreihen unter eigener Marke werden können. tredition übernimmt dabei das komplette Herstellungs- und Distributionsrisiko.

Zahlreiche Zeitschriften-, Zeitungs- und Buchverlage, Universitäten, Forschungseinrichtungen u.v.m. nutzen diese Dienstleistung von tredition, um unter eigener Marke ohne Risiko Bücher zu verlegen.

Alle Informationen im Internet: **www.tredition.de/fuer-verlage**

tredition wurde mit mehreren Innovationspreisen ausgezeichnet, u. a. mit dem Webfuture Award und dem Innovationspreis der Buch Digitale.

tredition ist Mitglied im Börsenverein des Deutschen Buchhandels.

## Dieses Werk elektronisch lesen

Dieses Werk ist Teil der Gutenberg-DE Edition DVD. Diese enthält das komplette Archiv des Projekt Gutenberg-DE. Die DVD ist im Internet erhältlich auf **http://gutenbergshop.abc.de**

MIX

Papier | Fördert
gute Waldnutzung

FSC® C083411

Zeitfracht Medien GmbH
Ferdinand-Jühlke-Straße 7
99095 Erfurt, Deutschland
produktsicherheit@kolibri360.de